KB149881

젊은 작가에게 보내는 편지

칼럼 매캔 지음

이은경 옮김

xbooks

제니퍼 라브,
새라 찰펀트,
알렉산드라 프링글,
제니퍼 허시를 위하여.

그리고

당신들이 가능하게 한
세상의 모든 젊은 작가들을 위하여.

목차

들어가면서

이루 말할 수 없는 희열

"아무도 조언을 해주거나 도움을 줄 수 없습니다. 아무도."

한 세기 전 릴케가 『젊은 시인에게 보내는 편지』에서 한 말이다. "한 가지 방법밖에는 없습니다. 자기 안으로 들어가는 수밖에."

릴케의 말이 맞다. 오직 자기 외에는 도움을 줄 수 없다. 결국 펜을 든 종이 위에 불현듯 심상이 떠오르도록 하는 건 오롯이 자기 몫이다. 그러나 릴케는 프란츠 크사버 카푸스라는 한 젊은 작가의 청을 뿌리칠 수 없어 6년이라는 시간 동안 열 차례의 서신을 주고받았다. 릴케의 서신에는 종교, 사랑, 남녀 평등, 성, 예술, 고독, 인내에 관한 조언이 담겨 있을 뿐만 아니라 시인의 생애를 내밀히 들여다보고 앞서 언급한 사안들이 글에 어떻게 형상을 부여하는지에 대해서도 이야기한다.

그는 충고한다. "고요한 정적이 흐르는 밤에 자문해 보십시오. '내가 꼭 글을 써야만 하는가?' 하고."

글을 써야겠다는 욕구를 한 번이라도 느껴 본 사람이라면 그 정적이 감도는 시간을 안다. 글을 쓰고 가르치면서 그러한 사람들을 많이 보아 왔고, 나 역시 그러한 시간을 자주 대면했다. 매년 헌터칼리지 MFA 과정의 첫 수업이 시작될 때면 나는 학생들에게 "나는 아무것도 가르쳐 줄 수 없다"는 말로 포문을 연다. 이 말은 쉽사리 곁을 내주지 않는 침울한 예술에 몸과 마음을 바치기로 마음먹은 열두 명의 창창한 학생들에게 다소 충격으로 다가오는 모양이다. 이 자리에 모이는 학생들은 수많은 지원자들의 경쟁을 뚫고 발탁된 미국에서 가장 유망한 젊은 작가들이다. 매 학기마다 이런 말로 못을 박고 수업을 시작하는 건 학생들을 낙담시키려는 의도가 아니다. 바라건대, 그 반대다. "전 여러분에게 아무것도 가르칠 수 없습니다. 이 사실을 염두에 두고 배우세요." 나는 학생들이 자신을 온전히 불태울 수 있는 자리를 찾아가길 바라는 마음으로 그들을 불길 속으로 인도한다. 다만, 그 타오르는 불길을 다루고

헤쳐 나가는 방법을 배울 수 있도록 조언을 건넬 뿐이다.

젊은 작가는 불타오르는 벽을 마주보고 서야 한다. 필요한 것은 그 벽 너머로 헤쳐 나갈 수 있도록 이끄는 원기, 갈망, 인내라는 미덕이다. 이제 나름의 방식으로 벽을 돌파해 나가면 된다. 벽에 굴을 뚫는 이도 있을 테고, 벽을 기어오르거나 아예 불도저로 벽을 송두리째 밀어 버리는 이도 있을 것이다. 이 과정에서 내가 줄 수 있는 도움은 없다. 릴케의 말처럼 오롯이 자기 안으로 들어감으로써만 가능한 일이다.

내가 교단에 선 지도 어느덧 이십 년이 되어 간다. 그동안 쓴 분필과 빨간 펜만 해도 한가득이다. 매 순간은 아니지만 그 세월 대부분을 사랑했고, 세상 전부를 준다 해도 그 경험과는 바꾸지 않을 것이다. 한 학생은 내셔널 북 어워드를 수상했고 또 한 학생은 맨부커상을 수상했다. 구겐하임 펠로십을 수상하기도 했고, 푸시카트 프라이즈 수상자도 있었다. 서로 끌어주고 당겨주고 다독이며 우정을 나누는 시절이 있었다. 그러나 솔직히 말하면 기력이 다할 때도 있었다. 눈물을 흘리고 이를 악물 때도 있었다. 모든 일에서 손을 놔 버리고 무너지고 후회할 때도 있었다.

중요한 사실은 난 그저 들러리와 같은 존재라는 점이다. 경험과 시간이 반드시 연륜을 선사하지는 않는다. 학생일지라도 처음부터 나보다 훨씬 더 많은 걸 알고 있을 수 있다. 그럼에도 내 유일한 희망은 학생들이 조금이나마 시간을 아끼고, 마음 상하는 일이 없도록 한두 학기에 걸쳐 몇 마디의 조언을 보태는 일이다.

한 명도 빠짐 없이 학생들은 저마다, —릴케의 말을 빌리자면 —"이루 말할 수 없는 희열"을 노래하길 고대한다. 참으로 말로 다 설명할 수 없는 기쁨이다. 이 일이야말로 그들의 본분이다. 그러기 위해서는 역경 속에서도 자신감을 가질 수 있는 능력, 성공하려면 시간과 인내가 필요함을 아는 끈기가 필요하다.

스토리프라이즈(StoryPrize.org)로부터 작가의 삶을 주제로 짧은 글을 써달라는 요청을 받았다. 그래서 평소에 해왔던 몇 가지 생각에 그동안의 교단생활을 돌아보며 행주 짜듯 쥐어 짜낸 나름의 신조와 깨달음을 보태 글을 한 편 썼다. 여기에 "젊은 작가에게 보내는 편지"라는 제목을 붙였는데, 이게 바로 이 책의 맨 처음에 실린 글이다. 나머지 글들은 이후 일 년에 걸쳐 썼다. 이 글들은 얼마간의 유익한 조언이 될 수도 있고 나팔소리 같은 기폭제가 될 수도 있다. 이 책은 작가가 되는 방법을 망라한 지침서가 아니다. 설교 역시 아니었으면 하는 바람이다. 그보다는 내가 제자들과 기분전환 삼아 이따금 그러듯, 공원을 거닐다가 들려오는 속삭임에 가깝다. 작가에게 보내는 편지 형식을 취하긴 하지만, 젊은 작가의 귓가에 들리는 속삭임으로 상상하고서 이 글들을 썼다.

시릴 코널리의 말이 떠오르기도 한다.—"르누아르가 그림 그리는 법에 대해 책을 몇 권이나 썼을까?" 본질적으로 불가해한 과정을 낱낱이 해부하려는 시도는 어리석은 일임을 안다. 그럼에도, 마법의 상자를 열었을 때 독자들이 실망할 수도 있다는 점을 잘 알면서도, 이 책을 세상에 내놓게 되었다. 한 가지 분명한 사실은 젊은 작가들이 그들의 세상 위에서 제 모습을 갖춰 나가는 광경을 보면서 내가 진심으로 흐뭇해하고 있다는 점이다. 나는 학생들을 몰아세우고 다그친다. 그들도 때로는 나를 몰아세우고 다그친다. 학생들을 가르치면서 내가 철석같이 믿는 한 가지는, 한 학기 내내 수업을 하면서 교실 문틈으로 어쩔 수 없이 피가 흘러나올 것이라는 점이다. 그 중 일부는 어김없이 내 피이다.

지금까지의 말을 정리해 보면, 나는 비참하게 실패했다는 것을 인정해야겠다. 앞으로 알게 되겠지만, 이 말은 어찌 보면 내 등을 토닥이는 행위와도 같다. 나는 실패를 갈망한다. 그래서 기꺼이 실패했다. 내가 정말로 듣고 싶은 조언이나 위로에는 한참 못 미칠지 모르지만, 실패라는 수렁에서 빠져나오길 바라는 마음에서 겸허히 이 말을 되뇌어 본다.

이참에 경고도 하겠다. 루돌프 누레예프의 삶을 소설화한 『무용수』라는 작품을 쓸 당시, 내게는 영웅이나 다름없는 한 작가에게 원고를 보낸 적이 있다. 그가 쓴 단어 하나하나까지 탐낼 만큼 내가 흠모하던 작가였다. 그는 무척 친절했기 때문에 직접 친필로 쓴 여섯 장의 메모를 내게 보내 주었다. 나는 전적으로 그의 모든 제안에 고개를 끄덕였지만, 단 한 가지에 대해서는 마음이 혼란스러워졌다. 그는 소설의 첫 장을 여는 "네 번의 겨울…"로 시작하는 전쟁에 관한 독백을 삭제해야 한다고 했다. 그 문장을 쓰느라 여섯 달 가까이 고심했기도 하고 또 그 부분은 책에서 내가 가장 좋아하는 대목이기도 했다. 그는 그 대목을 삭제하는 것에 대해 수긍이 갈 만한 근거를 제시했지만 내 마음은 여전히 혼란스러웠다. 수일 동안 걸어 다닐 때에도 그의 목소리가 머릿속에서 맴돌았다.

삭제해라. 삭제해라. 삭제해라.

문학계에서 손꼽히는 작가가 내게 건넨 조언을 어떻게 뿌리칠 수 있겠는가?

그러나 결국 그의 조언을 따르지 않기로 했다. 내 안으로 들어가 내 목소리에 귀 기울였다. 마침내 책이 세상에 나오자, 그는 내가 올바른 선택을 했고 자신이 틀렸음을 겸허히 인정하는 편지를 보내왔다. 이제껏 받은 것 중에 가장 아름다운 편지였다. 존 버거. 그의 이름을 여기서 불러 본다. 그는 내 스승이었기 때문이다. 문자 그대로의 의미는 아니지만 동료이자 벗이라는 의미에서. 물론 다른 스승들도 있다. 짐 켈스, 팻 오코넬, 제라드 캘리, 나의 아버지 션 매캔, 베네딕트 카일리, 짐 해리슨, 프랭크 맥코트, 에드나 오브라이언, 피터 캐리, 그리고 내가 작품을 한 번이라도 읽은 거의 모든 작가들. 아울러 이 책을 집필하면서 다나 차프닉, 신디 우, 엘리스 맥스웰, 내 아들 존 마이클에게도 큰 신세를 졌다. 우리는 단 하나의 목소리만 내지 않는다. 우리는 다른 여러 곳에서 목소리를 얻는다. 이것이야말로 불꽃이다.

함께할 스승, 비록 아무것도 가르쳐 줄 수는 없지만 불길 속으로 인도하는 스승을 찾는 모든 젊은 작가에게 이 책이 미약하게나마 보탬이 되었으면 하는 바람이다.

Letters to a
Young Writer

젊은 작가에게 보내는 편지

나는 세상을 향해 점점 커져 가는 원 안에서 살고 있다.

- 라이너 마리아 릴케

머리로 계산하지 말아라. 진심을 담아라. 헌신하라. 안주하지 말아라. 크게 소리 내어 읽어라. 위험을 무릅쓰라. 다른 사람들이 감상적이라 치부한들, 감정을 두려워할 필요는 없다. 산산조각 부서질 각오를 하라, 그런 일은 일어나기 마련이니까. 화가 치밀어도 내버려 두라. 실패하라. 잠시 멈춰 숨을 고르라. 거절을 받아들여라. 무너져도 딛고 일어서라. 부활하는 법을 연습하라. 궁금해하라. 자기 몫의 세상을 품어라. 신뢰하는 독자를 찾아라, 그도 당신을 신뢰할 테니까. 가르치는 순간에도 스승이 되지 말고 학생이 되어라. 허튼소리를 하지 말라. 좋은 평을 믿는다면 나쁜 평도 믿어라. 그럼에도, 자신을 가차 없이 몰아세우진 말아라. 가슴이 차갑게 식도록 내버려 두지 말아라. 맞서라. 냉소주의자들은 우리보다 말솜씨가 좋다. 힘을 내라. 그들은 제 이야기를 멈출 줄을 모른다. 역경을 즐겨라. 불가사의한 것을 그대로 받아들여라. 구체적인 것에서 보편성을 찾아라. 언어에 신념을 담아라. 등장인물이 모습을 드러내고 플롯도 마침내 수면 위로 떠오를 것이다. 자신을 좀 더 한계로 몰아붙여라. 제자리걸음을 하지 말아라. 그런 식으로 목숨을 부지할 순 있어도 글을 쓸 수는 없다. 결코 만족하지 말고, 개인적인 차원을 초월하라. 선함의 저력을 신뢰하라. 우리는 타인의 목소리로부터 우리의 목소리를 얻는다. 이것저것 손에 잡히는 대로 읽어라. 모방하고 복제하되, 자신만의 목소리를 내라. 알고자 하는 주제에 대해 글을 써라. 알지 못하는 주제라면 더욱 좋다. 최고의 글은 자기 외부에서 비롯된다. 그런 후에야 그 글이 자기 안에 가닿을 것이다. 백지를 앞에 두고 대담해져라. 다른 이들이 조롱하던 것을 남부럽지 않은 것으로 탈바꿈시켜라. 절망을 뛰어넘어 글을 쓰라. 현실로부터 정의를 실현하라. 노래하라. 어둠 속에서 웅대한 뜻을 품어라. 슬픔을 음미하는 편이 그렇지 않은 편보다 훨씬 낫다. 너무 큰 위안을 주는 것을 경계하라. 희망과 믿음과 신념을 품었다 하더라도 실패할 수 있다. 그러나 어쩌겠는가? 분노를 공유하라. 저항하라. 고발하라. 원기를 북돋아라. 용기를 가져라. 인내하라. 거창한 글 못지않게 조용한 글도 깊은 울림을 지닌다. 글을 쓰려고 쥔 펜을 신뢰하되, 수정용 펜을 잊지 말아라. 매 순간을 소중히 하라. 두려움이 생겨나도 내버려 두라. 자신을 허락하라. 당신에게는 글로 써야 할 무언가가 있다. 그 내용이 협소하다고 해서 보편적이지 않은 것은 아니다. 가르치려 들지 말아라. 설명만큼 생명을 짓밟아 죽이기 쉬운 것도 없다. 뭔가를 상상했다면 그에 맞는 근거를 대라. 의심하는 것으로 시작하라. 관광객이 아니라 탐험가가 되어라. 아무도 가 보지 못한 곳으로 가라. 바로잡기 위해 싸워라. 디테일이 갖는 힘을 믿어라. 독창적인 유일무이한 언어를 가져라. 이야기는 그 첫 단어가 등장하기 오래 전에 이미 시작되고, 그 마지막 단어가 등장한 지 한참 후에나 끝난다. 평범함을 숭고함으로 승화시켜라. 공포에 사로잡히지 말아라. 아직 존재하지 않는 진실을 드러내라. 동시에 즐겨라. 진지함과 즐거움을 향한 욕구를 충족시켜라. 크게 숨을 쉬어라. 가슴을 언어로 가득 채워라. 당신으로부터, 심지어 당신 삶으로부터, 많은 것을 취할 수 있다. 그러나 삶에 관한 당신의 이야기는 그렇지 않다. 자, 이것은 사랑과 존중을 담아 하는 이야기이다. 그러니, 젊은 작가여, 쓰라.

규칙은 없다

소설을 쓰는 데에는 세 가지 규칙이 있다.
안타깝게도 그 규칙이 무엇인지는 아무도 모른다.
- W. 서머싯 몸

규칙은 없다. 설령 규칙이 있다 해도 그건 깨지기 위해 존재한다. 이 모순을 받아들여야 한다. 서로 상반되는 생각들을 동시에 손바닥 위에 올려 놓을 준비가 되어 있어야 한다.

문법은 어찌되든 무시해도 된다. 단, 문법을 우선 알아야 한다. 형식에 구애받지 않아도 된다. 단, 형식을 갖추는 일이 무엇인지 알아야 한다. 플롯은 신경쓰지 않아도 된다. 단, 적당한 단계에 접어들면 사건이 일어나야 한다. 구조는 아무래도 좋다. 단, 구조를 철저하게 익혀 눈을 감고도 자기 작품 안에서 유유히 걸어 다닐 수 있어야 한다.

위대한 자들은 의도적으로 규칙을 깬다. 규칙을 깸으로써 언어를 다시 만든다. 그들은 그렇게 다시 만든 언어를 이전에 아무도 사용한 적이 없었던 것처럼 구사한다. 그리고 그 언어를 거듭 철회하면서 자신만의 규칙을 깨고 또 깬다.

그러니 담대하게 규칙을 깨자. 그게 아니라면, 규칙을 만드는 일도 좋다.

첫 행

모든 소설의 첫 문장은 다음과 같아야 한다.
"날 믿어. 시간은 좀 걸리겠지만 여기엔 질서가 있어.
아주 희미하지만 아주 인간적인."
- 마이클 온다치

글의 첫 행은 작가의 가슴을 활짝 열어 보여야 한다. 가슴으로 파고들어 그 속내를 뒤집어 보여 주어야 한다. 세상이 다시는 전과 같지 않음을 넌지시 알려야 한다.

글을 시작하며 적극적으로 일제히 사격을 가해야 한다. 독자가 뭔가 시급하고 흥미롭고 유익한 내용으로 빠져들 수 있어야 한다. 소설이든, 시든, 극이든, 그로써 이야기가 앞으로 나아갈 수 있어야 한다. 모든 것이 이제 변하리라고 독자의 귀에 속삭여야 한다.

이렇게 시작을 알리는 신호가 울리면, 그 어조에 맞춰 글이 이어지게 된다. 세상은 결코 멈춰 서 있지 않다는 목소리가 들려 온다. 우리가 꽉 잡을 수 있는 구체적인 무언가가 주어진다. 우리가 어디론가 향하고 있다는 걸 깨닫게끔 해야 한다. 그러나 조바심 내진 말자. 온 세상을 첫 페이지에 억지로 구겨 넣어서는 안 된다. 균형을 유지하는 게 중요하다. 이야기가 자연스럽게 펼쳐지도록 놔두자. 현관문을 생각하면 된다. 독자들을 문 안으로 안내했다면 이제 그들을 데리고 다니며 집안의 나머지 부분을 보여 주면 된다. 설령 첫 단추를 잘못 끼웠다 하더라도 겁먹지 말자. 초고를 절반이나 쓸 때까지도 마땅한 첫 행이 떠오르지 않을 수가 있다. 157쪽이나 쓰고 나서야 불현듯 이렇게 깨달을 때가 있다. '아, 지금 쓴 대목을 첫 행으로 했어야 하는 건데.'

그렇다면 돌아가 다시 시작하면 된다.

격조와 기품이 있게, 치열하게, 놀라움을 안겨 주며 시작하자. 모든 성패를 걸고 시작하자. 물론 이것은 아슬아슬한 줄타기와도 같다. 아무렴 어떠랴. 어서 줄에 올라타자! 긴장을 풀고 팽팽한 줄에 몸을 맡기자. 첫 행은 줄 위에서 내딛는 첫 걸음과 마찬가지로, 앞으로 무수히 써내려 갈 행 중 하나에 불과하다. 그러나 그 첫 행이 앞으로 이어질 글의 모양새를 결정한다. 땅에서 발을 떼고 한 걸음씩 시도해 보자. 두 걸음, 세 걸음 내딛다 보면 어느샌가 하늘 위를 저만치 걷고 있을 것이다.

물론 휘청거리다 떨어질 수도 있다. 상관없다. 글이란 상상의 산물이니까.

시도한다고 해서 죽진 않는다.

적어도 지금은 아니다.

아는 것을 쓰지 말자

나는 실행 불가능한 것에만 매료된다.

- 네이선 잉글랜더

아는 것을 쓰지 말고, 알고자 하는 것을 향해 쓰자.

허물을 벗고 밖으로 나오자. 위험을 무릅쓰자. 이렇게 하면 세상이 열린다. 또 다른 곳으로 가라. 커튼 너머에는, 저 벽 뒤에는, 저 모퉁이를 돌면, 내가 사는 도시를 지나면, 내가 발 딛고 서 있는 이 나라를 벗어나면 무엇이 있을지 유심히 살피자.

작가는 탐험가다. 자기가 어디론가 가고 싶어 한다는 건 알지만, 그 어딘가가 존재하는지조차 아직 모른다. 만들어 내야 할 목적지다. 상상력의 갈라파고스 제도이다. 우리가 누구인지를 설명하는 완전히 새로운 이론이다.

줄곧 자리를 지키고 앉아 내면을 들여다보는 일은 그만. 지루할 뿐만 아니라 배꼽에 먼지만 낄 뿐이다. 젊은 작가여, 밖으로 나가자. 다른 사람들, 다른 곳에 대해, 결국은 나를 다시 집으로 데려다줄 미지의 먼 곳을 생각하자.

내 세상을 넓히고 싶다면 나를 넘어서 다름을 살아야 한다. 쉽게 말해 **공감**이다. 다른 사람들이 나를 기만하도록 내버려 두지 말자. 공감은 격렬하다. 공감은 고달프다. 공감은 마음을 찢어 드러내 보이는데, 그 지점에 다다르면 내 자신이 바뀔 수 있다. 각오하자. 사람들은 내게 감상적이라는 꼬리표를 붙일지도 모르지만, 실제로 냉소주의자들이야말로 감상적인 사람들이다. 그들은 향수라는 자기들만의 구름 속에 갇혀 산다. 강인한 구석이라고는 전혀 없다. 그들은 한자리에 머물러 있다. 오로지 한 가지 생각밖에 없고 그 생각은 아무런 불꽃도 일으키지 못한다. 기억하길. 세상은 단 한 가지 이야기만이 아니라는 것을. 우리는 타인에게서 성장해 가는 자아를 발견한다.

그러니 냉소주의자들은 그대로 두고 지나치자. 그들을 넘어서서 다른 세상으로 나아가자. 우리의 이야기는 우리보다 더 광대하다.

'우리는 아는 것만 글로 쓸 수 있다'던 어렸을 적 선생님이 하셨던 말씀은 옳다. 사실 모르는 것을 글로 쓴다는 건 논리적으로나 철학적으로나 불가능하다. 그러나 모른다고 생각하고 있던 것을 향해 글을 써내려 가다 보면, 얼핏 알고는 있었으나 온전히 깨닫지 못했던 무언가를 발견하게 된다. 그렇게 의식에 강력한 총 한 방을 맞고 각성하게 된다. 적어도 끊임없이 이어지는 나, 나, 나라는 순환의 고리 속에 갇히는 일은 없게 된다.

커트 보니것의 말처럼, 우리는 쉼 없이 절벽에서 뛰어내려 곤두박질치며 날개를 펼쳐야 한다.

백지가 주는 공포

견딤의 즐거움. 고집과 끈기의 즐거움. 책임과 의존의 즐거움.
일상적인 헌신의 즐거움.
- 매기 넬슨

백지의 공포에 사로잡혀 움츠러들어선 안 된다. 글길이 막힌다고 핑계를 대기는 무척 쉽다. 뒤로 물러서거나 숨지 말아라. 책상에 버티고 앉아 텅 빈 백지를 두고 씨름해야 한다. 책상 앞을 떠나지 말자. 방을 비우지 말자. 고지서 대금을 내러 가서도 안 된다. 설거지를 하러 주방에 가서도 안 된다. 신문의 스포츠 섹션을 곁눈질해서도 안 된다. 이메일을 열어 봐서도 안 된다. 충분히 싸웠고 노력했다는 생각이 들기 전까지는 어디로도 정신을 분산시키지 말자.

시간을 들여야 한다. 그렇지 않으면 단어가 떠오르지 않는다. 이만큼 단순한 논리도 없다.

작가는 글쓰기에 대해 집요하게 생각하거나 글쓰기에 대해 말을 하거나 계획하거나 분석하거나 찬양하는 사람이 아니다. 작가란 의자에 엉덩이를 붙이고 앉아 있기가 죽기보다 싫을 때에도 의자에 엉덩이를 붙이고 앉아 있는 사람이다.

좋은 글을 쓰려면 생기 있고 빛나는 기운이 필요하다. 이 사실을 딱 꼬집어 말하는 사람은 없지만, 작가라면 일류 운동선수처럼 원기 왕성해야 한다. 한자리에 앉아 있기는 무척 고되다. 숱한 오류와 만회. 정신적 고갈. 바닥이 다 드러난 우물 안으로 두레박을 연거푸 내려 보내고, 단어를 옮겼다가 제 위치로 가져오고, 질문하고 의문을 품고, **굵은 글씨체**로 만들었다가 *이탤릭체*로 만들었다가 **글자 크기**를 늘렸다가 철자를 다르게 했다가 다른 곳에 강세를 주었다가 또 다른 곳으로 강세를 옮겼다가 한 행을 띄었다가 두 행을 띄었다가 오른쪽, 왼쪽으로 정렬했다가 다시 돌아가 한 행을 띄우고. 소리 내어 읽어 보고, 글을 그대로 놔두었다가 잠자코 버텨 봤다가 지지 않으려고 용을 쓰고, 마음 편한 패배주의에 빠지지 않으려 한사코 버티고, 단어들이 무엇을 의미하는지뿐만 아니라 무엇에 반대되는 의미인지도 헤아리고, 한 방 맞고 바닥에 쓰러졌다가 다시 오뚝이처럼 일어서고, 먼지를 툭툭 털어내고, 입에 마우스피스를 다시 물고, 그동안 써온 글을 고스란히 살려 이어가고.

글자 수, 글의 길이에 대해서는 큰 걱정 말자. 그보다는 불필요한 단어를 잘라내는 게 더 중요하다. 자리에 앉아 수정용 펜을 다시 쥐거나 삭제 버튼을 누르거나 그동안 쓴 원고를 송두리째 난롯가 속으로 던져 버려야 한다. 단어들을 잘라내면 잘라낼수록 더 나을 때가 많다. 어제보다 단어 수가 백 개나 적어졌더라도 글은 더 나을 수 있다. 종이 위에 아무런 단어가 쓰여 있지 않더라도, 종이 위에서 전혀 시간을 보내지 않은 편보다는 낫다.

끈기를 갖고 버티자. 단어들이 어느새 떠오를 것이다. 물론 불타는 가시덤불이나 빛기둥 같은 모습으로 나타나지는 않을지도 모른다. 그러나 상관없다. 맞서 싸우고, 또 싸우고, 또 싸우자. 충분히 오래 싸웠을 때쯤이면 적절한 단어가 슬며시 떠오를 것이다. 만약 그렇지 않다 하더라도, 적어도 노력은 한 셈이다.

묵묵히 엉덩이를 의자에 붙이고 앉자. 엉덩이를 의자에 붙이고 앉자. 엉덩이를 의자에 붙이고 앉자.

그리고 텅 빈 백지를 내려다보도록.

음악 없이는 생각도 없다

우리가 보는 것과 아는 것 사이의 관계는 결코 정립되지 않는다.
매일 저녁 우리는 지는 해를 본다.
우리는 지구가 태양으로부터 돌아서고 있음을 안다.
그러나 지식, 설명은 우리가 보는 광경에 쉽사리 들어맞지 않는다.
- 존 버거

가장 의미 없는 질문이라는 질타를 받지만, 그럼에도 사람들은 늘 묻는다. "어떻게 해서 이런 생각을 하게 되었죠?" "그 아이디어들은 어디서 오나요?" 실상은, 작가도 실제로 모를 때가 많다. 생각은 그저 불시에 떠오르곤 한다. 무언가가 느닷없이 떠올라 상상력의 근육을 움켜잡고 작가를 꽉 조이기 시작한다. 작가가 경련을 느낄 때까지. 이 경련을 강박이라 부른다. 이게 작가가 하는 일이다. 작가는 강박을 향해 글을 쓴다. 강박에 정면으로 맞설 수 있는 마땅한 글을 쓰기 전까지는 그걸 그냥 내버려두지 못한다. 자신을 해방시킬 수 있는 유일한 방법이다.

여기서 요령을 말하자면, 세상에 열린 자세를 취해야 한다. 귀를 기울여야 한다. 지켜봐야 한다. 영감을 받아들일 수 있는 민감한 상태여야 한다. 보편적인 생각은 신문에서, 지하철에서 엿들은 한마디에서, 가족의 추억이 아로새겨진 다락방에 잠자고 있던 이야기에서 시작될 수 있다. 사진 한 장이나 또 다른 책에서 시작될 수도 있고, 아니면 이렇다 할 이유 없이 불현듯 생각이 떠오를 수도 있다. 그도 아니라면 보다 큰 쟁점을 대면하려는 보편적인 욕구에서 시작될 수도 있다. 환경의 훼손이라든가 민간 항공기가 건물을 들이받은 근본적인 이유라든가 우리 눈앞에서 나날이 진풍경을 자아내는 끔찍한 선거용 홍보영상과 같은 보다 큰 사안 말이다. 아무래도 상관없다. 어떤 이야기도 다른 이야기보다 우위에 있지 않다. 중요한 것은 어떤 이야기든 세상 사람들에게 새로워야 하고 작가가 반드시 그 이야기를 낱낱이 파헤쳐야 한다는 점이다.

하지만 주의하자. 생각이나 이야기가 그 자체로는 훌륭하고 정치적으로 좋은 의도를 가지고 있다고 해서 꼭 좋은 문학이 되는 건 아니다. 인간의 음악을 우선 찾아야 한다. 이 음악이야말로 보편적인 생각을 능가하고, 이론의 가장 기본적인 입자이자 안으로부터 흘러나오는 꾸밈음이다.

그러니 한 가지 세밀한 사항에서 시작해 강박을 향해 나아가자. 작가는 문화나 거창한 철학을 대표하기 위해 존재하는 자가 아니다. 작가는 사람들을 대변하는 것이 아니라 사람들과 함께하는 자이다. 사람들이 이미 알고 있는 세상을 열어젖혀 새로운 세상을 만드는 자이다. 작가는 글을 다 쓰고 한참 지날 때까지도 자기가 그 글을 왜 썼는지 진짜 이유를 모를 때가 있다. 작가가 글을 세상 사람들에게 보이고 나서야 비로소 그 글의 목적이 분명해진다.

자기 이야기가 어디로 흐를지 정확히 모른다는 건 좋은 일이다. 한동안은 그 때문에 미칠 지경이 되기도 하겠지만 미치는 편보다 더 최악인 상황도 있다. 침묵을 시도해 본다면, 아마 알게 될 것이다.

의식의 영웅

자신이 작가임을 의식한다면 궁극적으로 이렇게 자문하게 된다.
'내가 어떤 상태로 살아갈 것인가?'
- 앤 라모트

좋은 문학의 관건은 새로움이 영속되도록 하는 것이다. 작가는 새로운 시간을 만든다. 전에 존재하지 않던 것을 여실하게 살아 숨 쉬는 것으로 만든다. 작가는 단순히 시계를 만드는 시계 제조공이 아니라 시간까지 만들어 낸다. 그렇게 과거, 현재, 미래를 빚어낸다. 상당히 막중한 책임이다. 이 점을 잊지 말자.

독자를 이야기 속으로 이끌자. "절 믿으세요. 길고 기묘한, 힘겹고 고통스러운 여정이 될지 모르지만 결국 그만한 가치가 있을 겁니다" 하고. 때가 되면 작가는 기적을 만들 수 있다.

이야기의 '순간' 내지는 장면의 '순간'이 떠오른다면 글 쓰는 과정에서 가장 큰 계시를 받은 셈이나 다름없다. 작가는 이 순간이 무엇인지 본능적으로 안다. 이 순간은 등장인물들에게나 작가 본인에게나 모든 것이 변화하는 지점이다. 작가는 본질의 핵심으로 들어가게 된다. 이 핵심은 지렛목이요, 급소이다. 이 순간을 놓친다면 그 밖의 모든 것이 허물어진다.

작가의 의무는 독자가 보고 듣게 하는 일이다. 작가는 적소에 절묘한 단어를 끼워 맞춰 풍부한 상상력과 형식 사이에서 균형을 이루게 된다. 작가는 못 미덥더라도 침묵으로부터 그 순간을 끌어내야 한다. 작가로서 모든 문장에 대해 깨어 있는 상태가 되어야 한다. 작가의 상상력이 현실을 창조한다. 시간의 껍질을 하나하나 벗겨 내는 셈이다. 이로써 새로운 영토를 얻게 된다. 그렇게 의식의 영웅이 된다.

젊은 작가여, '의식의 영웅'이 된다는 건 참으로 다행인 일이다. 그러나 노력과 고통이 따른다는 점을 마음 깊이 새기자. 머리칼을 쥐어뜯게 될 테고, 이를 악물게 될 테고, 수도 없이 속을 태우게 될 테니. 영영 무대에 올리지 못할 공연을 위해 몇 번이고 예행연습을 하는 심정일 것이다.

언젠가는, 좋은 글을 쓰려고 하는 바람 때문에 글쓰기를 사무치게 싫어하게 될지도 모른다. 그러나 이 잔혹한 진실은 또 다른 형태의 기쁨이다. 익숙해져라. 태양은 떠오르기 위해 지는 법이니까.

한낱 먼지로부터
-등장인물의 창조

비로소 글쓰기가 물 흐르듯 흐르게 되어 가끔은 내가
이야기를 하는 순전한 즐거움을 위해 글을 쓰고 있다는 느낌이 든다.
이 즐거움이야말로 어쩌면 공중부양을 가장 닮은 인간조건일지도 모른다.
- 가브리엘 가르시아 마르케스

소설을 쓸 때 가장 큰 즐거움 중 하나는 자기가 만든 등장인물이 진정 어떤 인간인지 발견하는 일이다. 한낱 먼지에 불과한 한 줌의 상상력으로부터 하나의 인물을 만들어 낼 때 그 뿌듯함은 이루 말할 수 없다. 그러나 무의 상태에서 인물을 창조하는 일은 그저 가까운 소설의 슈퍼마켓을 찾아가 상품진열대 아래 칸을 샅샅이 뒤지는 문제가 아니다. 등장인물은 난

해하고 복잡 미묘하고 어딘가 흠이 있어야 한다. 물러서지 않고 앞으로 나와 현실의 무게를 등에 지고 있어야 한다. 뼈와 살이 참담할 정도로 뒤엉켜 있어야 한다.

우리는 정직, 통찰력, 진실성과 같이 보편적이고 일반적인 특성의 측면에서 생각하고 분석하는 경향이 있지만, 좋은 이야기를 위해서는 가장 세밀하고 구체적인 측면에서 등장인물을 알아야 한다. 주인공, 적대자에 대해 떠들어 대는 이야기나 워크숍 등지에서 평면적 인물이니 입체적 인물이니 하면서 거듭 설명하는 내용은 잊자. 작가는 실제 같은 인물을 창조해야 한다. 문학에서는 "인물이 운명을 결정한다"라고들 말하는데, 아마도 잘 그려 낸 인물만이 자기 동기에 맞게 일관되게 행동한다는 뜻이지 싶다. 따라서 등장인물이 이야기에서 어떤 특정한 결과를 결정하는 데 도움이 된다. 그러나 등장인물이 온갖 인간 군상이 한데 섞여 있는 거대한 용광로에서 흘러나오지 않는다면, 이야기는 아무것도 아닌 게 되고 만다. 그러니 말 그대로 실제 같은 인물을 창조하여 독자가 그를 절대로 잊을 수 없게 해야 한다.

글로써 인물에 존재감을 불어넣는 일은 사랑에 빠지고 싶은 누군가를 만나는 일과 같다. (아직은) 그 사람이 살아온 삶에 대해 신경을 쓰지 않을 것이다. 독자에게 너무 많은 정보를 주지는 말자. 후에 서서히 흘러나오도록 두자. 우리는 어느 한 순간, 그러니까 어떤 범람이나 변화, 붕괴가 이루어지는 찰나의 순간에 매료된다. 화려한 이력이나 경력에 마음을 빼앗기지 않는다. 그러니 인물의 특성을 일반화시켜 줄줄이 나열하지 말고 낱알을 세듯 세밀하게 구체적으로 표현하자. 독자는 그런 인물과 순식간에 사랑에 빠지게 된다(아니면 그를 금세 증오하게 되거나). 그런 다음에는 등장인물에게 어떤 일이 일어나게 해야 한다. 심드렁해진 우리를 거칠게 흔들어 깨울 일 말이다. 대단히 충격적인 일이든, 애통한 일이든, 떨 듯이 기쁜 일이든 상관없다. 그저 글에 의해 환기되는 물리적 실체, 언어 뒤에 숨겨진 한 인간을 독자가 사랑하게끔 만들면 된다. 그런 다음, 이야기 속에서 편안한 마음으로 인물을 좀 더 넓은 의미에서 찬찬히 알아 가면 된다.

작가는 간혹 자기 주변의 실생활에서 한 인물을 취해 그 허수아비 위에서 새로운 인물을 만들기도 한다. 혹은 역사적으로 잘 알려진 인물을 취해 그를 새로운 방식으로 형상화하기도 한다. 어느 경우든, 작가는 글로써 그러한 인물에 생명을 불어넣을 책임이 있다. 역사만큼이나 상상력에도 빚을 지고 있는 셈이다.

소설 속 인물은 허구로 만들어 낸 창조물이긴 하나, 결국 세상에서 실제가 된다. 제이 개츠비는 실제다. 톰 조드도 실제다. 레오폴드 블룸도 실제다. (아니면 적어도 우리가 여태 만나지 못한 70억의 세상 사람들만큼 실제다.)

결국 작가는 자기를 아는 것만큼 자기가 만든 등장인물도 알아야 한다는 얘기다. 그가 오늘 아침에 뭘 먹었는지뿐만 아니라 아침으로 뭘 '먹고 싶어 했는지도' 알아야 한다. 이 작은 문학의 베이컨 조각은 이야기에서 꼭 드러나진 않는다 하더라도, 어쨌든 작가는 알아야 할 사항이다. 실제로 모든 질문에 대한 답은 작가의 혀끝에 있다. 그는 어디서 태어났는가? 그의 첫 기억은 무엇인가? 그의 필체는 어떠한가? 횡단보도를 어떻게 건너는가? 그의 집게손가락 아래쪽에 화상자국은 왜 생겼는가? 왜 다리를 저는가? 손톱 밑에 때는 왜 끼어 있는가? 엉덩이의 상처는 왜 생겼는가? 누구에게 투표를 했는가? 처음으로 훔친 물건은 무엇인가? 무엇에 행복을 느끼는가? 무엇을 두려워하는가? 무엇에 가장 죄책감을 느끼는가? (사실 자기가 만든 인물을 놓고 이렇게 단순한 질문조차 하지 않는 작가들이 수두룩하다.)

작가라면 눈을 감고 등장인물의 몸속에 들어가 살 수 있어야 한다. 그의 목소리. 걸음걸이. 그와 잠시 거닐어 보라. 그가 머릿속에 들어와 살도록 하라. 그가 누구인지, 어떤 인간인지, 어디서 왔는지를 머릿속으로 되뇌어 보라. 외모. 몸짓. 특이한 습관. 어린 시절. 갈등. 욕구. 목소리. 그가 놀라움을 안겨 주게 하라. 그가 오른쪽으로 가야 한다 싶으면 왼쪽으로 가게 하라. 그가 너무 기쁨에 들떠 있다 싶으면 그 기쁨을 무참히 짓밟아 버려라. 그가 종이 위를 벗어나려 한다면 한 문장 더 오래 붙잡아 두라. 그를 곤혹스럽게 만들고, 갈등을 안겨주고, 한입으로 두 말하게 만들어라. 이게 바로 진짜 현실이다. 너무 논리를 세우지 말아라. 논리는 우리를 마비시킨다.

그래도 인물에 대해 알지 못하겠다면 앉아서 그에게 편지를 쓰자. 첫 줄은 아마도 이러할 것이다. "내가 왜 당신을 모르지?" 어쩌면 돌아오는 답변에 놀라게 될지도 모른다. 그건 결국 자신에게 쓰는 답장일 테니까.

너무 극단적인 이야기 같다고? 그렇다. 극단적이다. 글쓰기란 모든 극단으로 치닫는 과정이다.

나보코프는 등장인물들이 자기가 모는 배에 탄 노예들에 불과하다고 말했다. 그러나 그는 나보코프다. 그만이 그런 말을 할 수 있다. 나는 그의 말에 정중하게 동의하지 않는 바이다. 등장인물은 존중받을 가치가 있다. 얼마간은 경외의 대상이 될 가치도 있다. 저 나름의 삶을 누릴 가치가 있다. 놀라움을 안겨준다는 점에 대해, 상상력의 문을 두드린다는 점에 대해, 작가는 그에게 감사해야 한다.

진실 빚어내기

어떤 베일이 드리워지더라도 진실을 말하라.
결코 충족되지 않음에서 오는 평생의 슬픔을 만끽하라.
- 제이디 스미스

좋은 글쓰기란 예술이기도 하고 핍진성이기도 하다. 소설, 비소설, 극, 시, 심지어 저널리즘에도 적용되는 말이다. 우리는 진실과 창작의 가능성을 동시에 쥐고 있어야 한다. 진실은 반드시 형상화되어야 한다. 그 지점에 다다르려면 많은 노력이 필요하다.

어떤 사람들은 '지어낸다'는 행위가 거짓말을 하는 행위라고 생각한다. 실은 그 반대다. 지어냄은 진실된 것을 가려내는 행위이다. 우리는 상상력의 힘을 빌려 가장 심연에 있는 것들로 다가간다.

따지고 보면, 화려하든, 소박하든, 잘 고른 단어만이 진실을 다룰 수 있다. 이렇게 고른 한 단어, 일련의 단어는 잔혹한 우리 삶을 형상화해야 할 뿐만 아니라 그 잔혹성을 파괴하는 행위에 의미와 신빙성을 부여해야 한다. 시적인 경지에 다다를 수 있는 언어만이 잘못된 것에 맞설 수 있다. 달리 말하면, 최선을 다해야만 그 경지에 다다를 수 있다. 언어는 강력한 무기이다. 언어는 여러 겹에 싸여 복잡해야 하고 심지어 좌절감을 안겨 줄 수 있어야 한다. 언어는 느껴져야 한다. 경악에 가까운 충격이나 당혹감을 안겨 줄 수 있어야 한다. 우리가 알고는 있었으나 미처 체감하지 못한 바를 말해 줄 수 있어야 한다. 우리가 멈춰 서거나 고개를 끄덕이거나 침묵하도록 만들 수 있어야 한다. 이는 거짓말을 하는 게 아니라, 형상을 빚어내고 주조하고 인도하는 행위이다. 이 행위는 뭔가를 창조해 내야 한다는 작가의 정신에 진실해야 한다.

그렇다면 도대체 "진실"이란 무엇일까? 어쩌면 진실은 세상 사람들이 인식하고는 있으나 아직 완전히 알지는 못하는 어떤 것인지도 모른다. 작가의 본분은 세상 사람들이 미처 알지 못하는 무언가를 그들에게 말해 주는 일이다. 말은 쉽지만, 실천하기는 어려운, 어쩌면 불가능한 일이다.

그럼에도, 겉으로 자명하게 떠오르지 않은 진실을 찾아내야 한다. 더 많은 자유를 누릴수록, 작가는 자기가 살고 있는 곳을 비판해야 한다. 주변을 둘러보자. 심연은 가까운 곳에서 시작된다. 뭔가 잘못된 것을 찾아내 그에 대해 글을 써 보길 시작하자. 이는 그로부터 거리를 두고 글을 쓰기 위한 과정이다. 저 먼 어딘가를 창조하는 중이라 해도, 가까운 주변에 대해 글을 쓰는 일이나 다름없다. 정부에 충성을 맹세할 필요는 없다. 널리 일반적으로 인정된 생각을 따를 필요도 없다. 그러나 진실이라는, 손에 잡힐 듯 말 듯 규정하기 어려운 개념에 충실해야 한다. 규정하기 어렵다니, 왜 그럴까? 진실을 발견했다 해도, 그 진실은 이미 뭔가 새로운 것, 그 어느 때보다도 치명적인 무언가로 변해 있기 때문이다. 눈앞에는 늘 새로운 잔혹함이 도사릴 것이다. 새로운 문제들이 생겨날 것이다. 사실 글쓰기는 아무것도 해결하지 못한다. 그 사실을 즐기자. 그럼에도, 글쓰기가 중요하다는 사실을 잊어서는 안 된다. 어불성설이라고? 맞다. 휘트먼은 우리 내부에 많은 면이 있다고 말했다. 조이스는 좋은 글쓰기란 삶으로부터 삶을 재창조하는 일이라고 말했다. 우리가 감히 어떻게 이 위대한 문인들의 말에 반박하겠는가? 그저 종이 위에서 할 말이 떠오르길 기다리자. 설교나 훈계 따윈 필요 없다. 알맹이 없이 떠들어 대는 소리도 필요 없다. 그저 진심 어린 노력과 투지가 필요할 뿐이다. 참된 마음으로 자기 세계를 파내려 가는 노력이 필요할 뿐이다. 아직 누군가가 말하지 않은 무언가를 발견하기 위해 스스로를 가장 어두운 구석으로 내몰 수 있는 용기가 필요할 뿐이다.

나도 안다. 이렇게 말로 포장하긴 쉽지만 실천하기는 어렵다는 것을. 하지만 상관없다. 어쨌거나 작가라면 해내야 할 일이니까. 자신을, 자신이 사는 곳을, 사랑하는 사람들을 찬찬히 들여다보자. 그리고 목소리를 높이자. 침묵에 빠져들지 않으려면 글을 써야 한다. 그게 진실 내지는 최대한 진실에 가까운 것이다.

결국 우리는 자조하거나 실망을 기꺼이 받아들이게 되어 있다. 절대적인 진실은 없다는 사실을 비로소 이해하게 된다. 그럼에도 진실한 생각과 표류하는 쓰레기 사이의 간극, 정직과 지성으로 포장한 겉치레 사이의 간극이 계속해서 우리의 흥미를 끈다. 그 이유는 우리에게 어떤 일이 실제로 일어났다고 해서 그 일이 반드시 진실한 이야기나 좋은 이야기가 되는 건 아니기 때문이다. 누군가가 “실제로” 어떤 이야기를 했다고 해서 그 이야기가 우월한 건 아니기 때문이다. 누군가가 어떤 일이 진실이라고 말한다고 해서 그 일이 정말로 진실인 건 아니기 때문이다. 이야기를 진실로 만들라. 그걸 현실이라고 상상하라. 실제의 세상을 취하여 그 세상을 여러 겹으로 감싸라. 정직을 추구하라. 최고의 글이 마침내 떠오를 것이다. 진심이다.

수첩을 가지고 다니자

작가의 역할은 우리 모두가 말할 수 있는 것을 말하는 일이 아니라
우리가 말하지 못하는 것을 말하는 일이다.
- 아나이스 닌

수첩을 가지고 다니자. 호주머니에 들어갈 만큼 작고 유연하고, 짐이 되지 않을 만큼 얇은 걸로. 적절히 사용하자. 뭔가를 끄적이려고 온종일 수첩에 코를 박지 말고, 시간이 날 때마다 뭔가를 적자. 심상, 생각, 길거리에서 엿들은 대화, 주소, 묘사 등, 문장이 될 만한 내용은 무엇이든 적자. 아주 세세한 한 가지 사항이 완전히 새로운 사고방식의 열쇠가 될지도 모른다.

이 작은 불꽃들이 모여 결국에는 책 전체를 환하게 비출지도 모른다. 빛을 가득 채우자. 가능하다면 적은 내용에 날짜를 적자. 수첩을 잃어버리지 말자. 부탁하는데, 제발 잃어버리지 말자. 수첩 안쪽에 주소와 전화번호를 적어 두자. 잃어버린 수첩을 누군가가 줍는다면 돌려 달라고 부탁하는 메모를 남겨 두자. 소소하게 사례를 해도 좋다. 그러나 수첩을 잃어버린다 하더라도 절망하진 말자. 강렬하고 인상적인 심상이라면 머릿속에 어떻게든 아로새겨져 있을 테니까.

사진기가 되자

리듬, 관계의 조화로운 리듬이야말로 필수적이고 미학적인 요소이다. 예술가에게 운 좋게도 리듬이 떠오른다면 그는 그로부터 광채를 경험할 것이다. 그 아름다움에 사로잡힐 것이다. 이것이야말로 현현이다.

- 조지프 캠벨

사진기가 되자. "언어"로 시각을 부여하자. 독자가 마치 그곳에 있는 것처럼 느끼게 하자. 색깔, 소리, 광경. 순간의 고동치는 맥박으로 독자를 이끌자. 그림 전체를 먼저 보고 세밀한 부분에 초점을 맞춘 다음, 그 세밀한 부분에 생명을 불어넣자.

변형이 가능한 여러 개의 렌즈를 갖고 있다고 생각하면 쉽다. 어안 렌즈가 되자. 광각 렌즈가 되자. 망원 렌즈가 되자. 눈앞에 펼쳐진 광경을 가까이 잡아당겼다 멀어지게 해보자. 왜곡하자. 선명하게 하자. 나누자. 진짜 사진기가 되었다고 상상하자. 렌즈 유리이자 셔터가 되는 단어들을 찾자. 이것이야말로 머릿속의 눈이다.

작가는 온갖 종류의 유연성을 발휘할 수 있다. 설령 경직된 서사방식을 취한다 해도, 어느 곳으로든 향할 수 있다. 정신으로는 곡예를 부릴 수 있다. 이 각도, 저 각도를 시도한다고 해서 해가 되지는 않는다. 1인칭, 2인칭, 3인칭을 시도해 보자. 주요 인물의 관점에서 서사를 시도해 본 뒤, 외부인의 관점에서 서사를 시도해 보자. 때로는 외부인의 관점을 취하는 편이 절대적으로 타당하다. 뒤흔들어 보자. 포크너처럼도 해보고, 드릴로처럼도 해보자. 현재에서 과거로 가자. 미래를 시도해 보자.

이러한 사진촬영기법은 일종의 '보여 주기'와 같다. 단어들이 종이 위에서 어떤 모습을 보일지 유념하자. 행갈이가 중요할 수 있다. 단락, 문자 간격, 줄표, 말없음표가 중요하다. 단어들을 계속해서 주시하고 시험하고 철저히 살피자. 모든 각도에서. 만화경 같이.

마치 사진기가 된 것처럼, 촬영기사가 된 것처럼, 인내심을 갖고 이리저리 연구하자. 마침내 적절한 목소리를 듣게 되고, 적절한 형태를 보게 되고, 적절한 구조를 발견하게 되고, 그로부터 모든 이야기가 펼쳐질 테니까. 그제야 비로소 자신이 단순한 기계의 부품이 아님을 발견하게 된다. 기계를 넘어선 광년임을 알게 된다. 이제 인간의 머릿속에 자리 잡고 있는 사안들 안으로 들어온 셈이다. 사진기는 사라지고 정말로 뭔가를 보게 된다.

그것에 대해선 잊자
- 대화 만들기

입 밖으로 내뱉은 문장의 공공연한 의미는 외투일 뿐이고
진짜 의미는 스카프와 단추 아래 있다.
- 피터 캐리

그것에 대해선 잊자. 종이 위의 대화는 진짜가 아니다. 지금 당장에라도 밖으로 나가 거리에서 사람들이 나누는 대화를 녹음해 고스란히 글로 옮긴다 한들, 결코 진짜처럼 보이지 않는다.

대화는 진실이 아닐지도 모르지만 반드시 정직해야 한다. 쉽고 편하게 보이는 것이 중요하다. 물 흐르듯 자연스럽게, 우

연치 않게 써내려간 듯 보여야 한다. 잘 쓴 대화는 그 주변의 모든 문장을 보완한다.

대화에 대해서는 규칙이나 지침이 상당히 많다. '음…'이나 '어…' 따위의 얼버무리는 말은 금물. 그런 말은 글로 옮겼을 때 별다른 뜻을 내포하지 않는다. 대화를 사용해 정보를 전달하지 말자. 적어도 누구나 아는 빤한 정보를 전달하려 하지는 말자. 인물의 말을 가로막거나 대화를 중간에 끊는 시도는 매우 좋다. 셋 혹은 너덧 명 사이에 대화가 오가도록 해보자. 대화가 저절로 풀려나가도록 해보자. "그가 말했다" 내지는 "그녀가 말했다"라는 문장은 사용해도 좋지만, 어설픈 묘사는 피하자. 지나친 숨가쁨, 외침, 단언, 고함 소리 등도 삼가자.

대화는 그 주변의 묘사와 구별되어야 한다. 운율뿐만 아니라 길이의 측면에서도 구별되어야 한다. 대화가 산문의 흐름을 끊을 수 있어야 한다. 대화가 글 속에서 일시적인 중단점이 되게 하거나 대화의 탄력을 받아 그 뒤로 글이 자연스럽게 도약하도록 해야 한다. 말문이 막혔다가 다시 입을 여는 과정을 늘리자. 등장인물이 거듭 말을 되풀이하는 과정이 꼭 나쁘지만은 않다.

인물들이 서로 구별되어야 한다. 인물마다 언어적으로 개인적인 특징을 부여하자. 사람들이 본래 의도와는 다르게 말하기도 한다는 사실을 잊지 말자. 거짓말은 대화에서 드러날 때 매우 흥미롭다. 대화 중에 행위가 이루어지도록 하자. 처음부터 시작하는 건 별로 없다. 중간쯤 진행된 대화로 시작하자. "안녕"이나 "잘 지냈어요?" 따위의 말은 필요 없다. "잘 가"라는 말도 필요 없다. 그리고 대화가 정말로 끝나기 한참 전에 서둘러 뛰어나오자.

수수께끼 같은 미궁은 우리를 하나로 잇는 접착제와 같다. 우리는 미처 듣지 못한 것을 무척 좋아한다. 독자는 가장 깊게 연루되어 엿듣는 자가 된다. 방언이나 사투리, 심지어 더블린 방언을 사용한다 하더라도, 문장 끝에는 늘 독자가 있다는 사실을 명심해야 한다. 독자를 혼란에 빠뜨리지 말자. 독자가 이야기로부터 튕겨나가서는 안 된다. 북아일랜드의 말씨를 살리는 데에는 '어 위빗'(a wee bit) 정도면 충분하다. 고대 아일랜드어까지 쓸 필요는 없다. 고정관념에 얽매이지 말자. '아라비자이서스'(arragh bejaysus)나 '비갑'(begob)* 등의 말은 필

---

* a wee bit은 a little bit, '약간'이라는 뜻, arragh bejaysus는 Arrah bejesus, '아, 맙소사' 내지는 '아 이런'이라는 뜻, begob은 by god, '맹세코'라는 뜻으로 모두 아일랜드 표현이다. —옮긴이

요 없다. 남부의 강한 비음이 섞인 억양도 필요 없다. 고개를 갸우뚱하게 만드는 자메이카식 억양도 필요 없다. 알아듣기 힘든 브루클린의 콧소리도 필요 없다.

그보다는 독자의 머릿속에 울려 퍼질 음악을 아주 섬세하게 상상해야 한다. 그걸로 충분하다. 한 가지 작은 실마리만 던져 주면 된다. 독자는 그 실마리를 낚아챌 것이다. 대화는 대화일 뿐이다. 이 사실을 명심하자. 현실을 반영하는 데 너무 치중하지 말자.

다행스럽게도, 글로 쓴 대화는 문법규칙을 따를 필요가 없다. 원하는 대로 마음껏 문장들을 헝클어 놓자. 작가는 이리저리 배회할 자유가 있다. 탐험할 자유가 있다. 어떤 경계선을 넘을 것인가? 대화임을 표시하기 위해 따옴표를 쓸 것인가? 줄표를 쓸 것인가? 이탤릭체를 쓸 것인가? 세 가지 모두 다 써도 좋다. 같은 소설 안에서라도, 심지어 같은 이야기 안에서라도 무방하다. 쓴 글을 강조하는 한 가지 방법이니까.

간단히 말하면, 따옴표는 일반적이고, 줄표는 실험적이고, 이탤릭체는 과할 정도로 시적이다. 대화를 표시하는 장치를 전혀 쓰지 않는다면 작가로서는 대단히 모험적인 시도이지만, 적절히만 사용한다면 매우 효과적인 수단이 된다.

대가들의 작품을 보고 배우자. 로디 도일. 루이스 어드리크. 엘모어 레너드. 말론 제임스. 우리가 입 밖으로 내뱉지 않은 말이 우리가 하는 말 못지않게 중요하다는 사실을 늘 마음에 새기자. 그러니 침묵 역시 공부하고, 침묵이 글 속에서 힘을 발휘하게끔 해야 한다. 실은 침묵이 얼마나 큰 소리를 내는지 곧 알게 될 테니까. 입 밖에 내지 않은 말이라 하더라도 끝내 그 소리를 내기 마련이다.

크게 소리 내어 읽자

내게 글쓰기의 가장 큰 즐거움은
그 내용이 아니라 단어들이 만들어 내는 음악이다.
- 트루먼 카포티

글로 쓴 내용으로 대화를 해보자. 쓴 글을 크게 소리 내어 읽어 보자. 집안을 돌아다니면서 천장까지 목소리가 가닿도록 낭독하자. 속삭이지 말고 크게 소리 내어 읽어 보자. 어색하고 민망하더라도 말이다. 쓴 글에 목소리를 부여하자.

같이 사는 배우자나 룸메이트, 친구나 아이에게서 제정신이 아니라는 소리를 들을지도 모르지만, 이렇게 해도 아무 문제없다. 온전한 정신상태는 과대평가되는 경향이 있으니까.

단어들의 운율을 들어 볼 필요가 있다. 반복. 모음운. 두운. 의성어. 모든 음악 말이다. 존 콜트레인이 되어 보자. 토니 모리슨이 되어 보자. 제라드 맨리 홉킨스가 되어 보자. 언어의 본질을 찾자. 새로운 단어를 만들어 내자. 무한한 재즈를 발견하자. 어룽거리는 여명을 찾아내자.

글을 소리 내어 읽다 보면 본래의 의도를 듣게 된다. 어디서 음악이 작용을 하고 어디서 음악의 효과가 수그러드는지 알게 된다. 운율이 풍부하거나 부족한 부분이 어딘지 알게 된다. 압운을 발견하게 된다. 게다가 수많은 실수를 알아차리게 된다. 실수를 발견할 수 있다니 얼마나 다행인가. 수정용 펜을 꺼내들자. 줄을 긋고 다시 쓰자. 새로운 단어를 찾아내자. 그리고 듣기 좋아질 때까지 쓴 글을 몇 번이고 소리 내어 읽자. 늘 되고 싶었던 배우가 되자. 음악을 찾자. 랩이든 펑크든 폭스트롯이든, 뭐든 상관없다. 필요하다면 낭독하는 걸 녹음해서 다시 들어 보자. 문장들이 하나의 풍경을 이루어 내는 걸 지켜보자. **기쁨**을 표현하려면 행간에서 말이 전속력으로 질주하듯, 문법은 아랑곳하지 않고 거침없이 숨 가쁘게 흐르는 광기 어린 문장이 필요할 수도 있다. 반대로 **슬픔**을 표현할 때에는 말수를 줄여야 할 수도 있다. 예리하고 어둡고 고독한 느낌이 필요할 수 있다.

쓴 글을 소리 내어 읽다 보면 새로운 곳에 다다르게 된다. 어느새 집을 벗어나 새로운 곳으로 향할지 모른다. 길을 잃을까봐 두려워하지 말자. 가능한 멀리 여행하자. 땅거미와 어둠을 찾자. 가슴 속 깊숙이 그걸 받아들이자. 이것이야말로 빛을 얻을 수 있는 유일한 방법이다. 근심하라. 괜찮다. 어둠 역시 드러내야 할 필요가 있다.

브레히트는 어둠의 시대에도 노래가 있을까,라고 자문하면서 '그렇다. 노래가 있을 것이다. 바로 어둠의 시대에 관한 노래이다'라고 답했다.

그야말로 어둠의 시대이다. 감사하자. 그 시대를 노래하라.

누가, 무엇을, 어디서, 언제, 어떻게, 왜

모든 예술가의 목표는 인위적 수단을 사용해 생명이라고 할 수 있는
움직임을 포착하여 그걸 고정된 상태로 박제시킨 다음, 백 년이 지나
한 낯선 이가 바라보았을 때 그것이 생명인 양 다시 움직이게끔 하는 것이다.
- 윌리엄 포크너

가장 단순한 질문이 가장 어려울 때가 있다. 그렇지만 누가, 무엇을, 어디서, 언제, 어떻게, 왜라는 질문은 작가의 불을 지피는 땔감이다.

전지적 작가 시점이나 3인칭 시점을 사용한다면 별 문제 없다. 작가는 신이나 마찬가지이고 신은 모든 일에 훤하다. 그러나 1인칭 시점을 사용한다면 스스로에게 매우 중요한 질문들

을 해야 한다.

누가 이야기를 하는가? 가장 쉬운 질문이다. 하지만 그 정확한 속성을 결정하려면 시간이 좀 걸릴지도 모른다. 서술자에 대해 결정을 하고 그에게 숨을 불어넣어야 한다. 모험을 시작해야 한다. 여러 명의 1인칭 서술자가 이야기를 할 수도 있지만 작가는 서술자들의 내면에서부터 그들을 속속들이 알아야만 한다.

무엇이 일어나는가? 이는 일반적으로 플롯이라고 부르지만 (이 수수께끼에 대해서는 나중에 자세히 이야기하기로 하자) 다른 질문들과도 나선형처럼 연결되어 있다. 무엇이 일어나는가는 누가, 어디에서, 왜라는 질문의 영향을 받는다. 서술자는 자기 시각에서만 사건을 서술한다. 서술자를 온전히 신뢰하기에는 무리일 수도 있고 아닐 수도 있다(사실 1인칭 서술자는 대부분 온전히 신뢰하기에 무리가 있다). 무엇은 시간의 흐름에 대한 인간의 음악이다.

서술자가 어디에서 이야기를 하는가? 훨씬 더 어려운 질문이다. 작가는 등장인물이 이야기를 풀어 나가기로 한 장소를 지리적으로 상상해야 한다. 등장인물이 자리 잡고 있는 방, 도시, 시골, 배 안을 상상해야 한다. 이는 인물이 이야기를 해나가기로 선택한 장소이고 이야기가 진행될 방식의 열쇠이기도 하다. 방안의 벽지조차도 작가가 선택하는 단어들의 속성에 영향을 미친다. 탁자, 창문, 병상, 감방, 노트북, 녹음기도 마찬가지다.

장소가 언어에 영향을 미친다. 이 점을 잊지 말자. 지금까지 그래 왔고 앞으로도 마찬가지다. 버밍엄의 감옥에서 이야기를 하는 것과 미시시피의 강둑에서 이야기를 하는 것은 엄연히 다르다. 이클레스가 7번지에서 이야기를 하는 것과 취리히의 매음굴에서 이야기를 하는 것은 확연한 차이가 있다. 그러므로 서술자가 어디에 앉아서 이야기를 풀어 나갈지 신중하게 생각해야 한다.

서술자가 언제 이야기를 하는가? 중요한 질문이지만 글을 잘 쓰는 작가들조차도 자주 잊어버리는 질문이다. 어느 시점으로부터 사건이 기억되는가? 어제 있었던 일을 이야기하는 것과 십 년, 이십 년 전에 있었던 일을 이야기하는 것은 완전히 다르다. 극의 순간이 본질적으로 변화한다. 시간은 우리를 이동시킨다. 작가는 등장인물이 어느 시점에서 이야기를 풀어 나갈지 생각해야 한다. 이 시점을 결정하고 그 내용을 줄곧 지켜야 한다. 시간은 거리이다. 거리는 관점이다. 관점은 언어에 관한 모든 것이다. 그러니 언어가 가능할 수 있도록 나머지 세 가지를 모두 알아야 한다. 그런 다음, 어느 시점이든지 진실로 비춰지는 시간 속에서 이야기가 펼쳐지도록 하자. (1인칭 서술의 현재 시제는 실제로 매우 까다롭다. 그 누가 경험하면서 동시에 그걸 이야기할 수 있겠는가?) 이야기의 순간을 발견해야 한다. 이 순간에 의해 모든 것이 결정된다. 절대적인 순간이란 언제일까? 세상이 언제 변했을까? 언제 시곗바늘이 멈췄을까?

이야기가 이미 지나 버린 모든 일과 어떻게 연결되어 있을까? 이야기가 어떻게 풀려져 세상에 나왔을까? 여러 일들이 어떻게 벌어졌을까? 우리가 날아오르는 순간을 기억하고 포착하는 방법을 어떻게 알아냈을까?

마지막으로, 서술자는 이야기를 왜 할까? 가장 답하기 어려운 질문일지도 모른다. 사람들은 저마다 이유가 있어서 이야기를 한다. 위안을 주려고, 누군가를 괴롭히려고, 마음을 얻으려고, 전에 있었던 일을 소상히 알리려고, 사랑에 빠지려고 혹은 사랑에서 벗어나려고 이야기를 한다. 누군가를 완전히 무너뜨리려고, 도발하려고 이야기를 한다. 게다가 그저 웃기는 이야기를 한다 해도, 실은 그 속내에 깊은 의도가 감춰진 경우가 많다. 이야기는 중요하다. 이야기 하나에 청년들이 전쟁터로 향하고 우리가 지갑을 열고 우리의 마음이 갈기갈기 찢어지기도 한다.

작품 속 인물이 이야기를 하려는 진짜 이유를 작가가 밝혀낼 수 있다면, 그 이야기를 계속 해나가야 할 이유 역시 알게 된다. 왜라는 질문을 해결한다면, 펜을 쥔 손끝에서 이야기가 절로 풀려나갈 것이다. 감사하자. 이제 앞으로 나아가자.

구조 찾기

책이란 외따로 떨어져 있지 않다. 책은 관계요, 무수한 관계의 축이다.

- 호르헤 루이스 보르헤스

소설은 저마다 구조가 있다. 잘 쓴 소설일수록 구조의 짜임새가 더 탄탄하다. 우리의 이야기는 건축을 향한 인간의 본능을 바탕으로 한다. 구조는 본질적으로 내용을 담는 그릇이다. 이야기가 자리를 잡으면서 빚어내는 형태는 주춧돌 위에서 서서히 지어진 집과 같다. 혹은 터널, 고층건물, 대저택, 그도 아니면 등장인물이 차로 끌고 가는 이동식 주택과 같다. 구조는 사실 몇 개가 되든 상관없다. 다만, 우리가 도리어 거기에 빠져 헤어나오지 못하는 감쪽같은 구덩이가 되지 않아야 한다.

어떤 작가들은 미리 머릿속에 구조를 그려 놓고 거기에 이야기를 끼워 맞추려 노력하지만, 이것이 덫이 되기도 한다. 미리 정해 놓은 구조 안에 이야기를 채워 넣으려 해서는 안 된다. 옛말에도 있지만, 5파운드짜리 자루에 6파운드의 똥을 짓이겨 넣는 행위나 다름없다.

이야기는 재빠르고 날쌔다. 손에 잡힐 듯 말 듯하다. 잡으려고 손을 뻗치면 이내 달아나 버린다. 그러므로 이야기가 담길 그릇이 유연해야 한다. 작가는 창대한 미래상, 궁극적인 종점을 염두에 두거나 적어도 그러한 궁극을 꿈꾸면서 글을 써야 하나, 그와 동시에 글이 나아가는 방향을 바꾸거나 중단시킬 준비가 되어 있어야 한다. 우리가 어떤 길을 택할지 정확히 알지 못하는 여정이 가장 좋다. 목적지를 유념하고 있되, 그곳에 다다르는 방법은 여러가지가 될 수 있도록 열려 있는 상태여야 한다. 때로는 여정을 돌연 멈추고, 왔던 길을 되짚어 가 다른 길을 택해야 할 수도 있다. 살고 싶은 나라를 정하고, 살고 싶은 지방을 정한 다음, 살고 싶은 땅을 차례로 고르는 일과 비슷하다. 이제 이 땅 위에다 정말로 살고 싶은 집을 지으면 된다. 이 구조물 안에서, 이 집안에서 작가는 채굴자, 벽돌공, 소목장이, 석공, 목수, 배관공, 미장이, 설계자, 세입자, 집주인, 다락방의 유령이 되어야 한다.

잘 짜인 구조는 작가가 말하려는 이야기의 내용을 거울처럼 반영한다. 구조는 등장인물들을 담아 동시에 그들이 앞으로 나아가게 한다. 구조 자체에 독자의 관심이 너무 많이 쏠리지 않을 때, 구조가 이 역할을 가장 잘 수행하게 된다. 구조는 등장인물과 플롯으로부터 돋아나야 하는데, 말인즉슨, 구조가 언어로부터 돋아나야 한다는 얘기다. 달리 말하면, 구조는 형태가 갖춰지는 과정을 영원히 되풀이한다는 말이다. 글을 계속 써내려가다 보면 이 사실을 알게 된다. 장이 거듭될수록, 목소리가 거듭될수록 알게 된다. 단번에 기습적으로 이야기를 쏟아내는 편이 나을지, 이야기를 여러 부분으로 나누어 하는 편이 나을지, 여러 목소리나 문체를 사용하는 편이 나을지 스스로에게 물어보자. 작가는 어둠 속에서 허우적대며 매번 새로운 시도를 하게 된다. 어쩌면 글을 절반이나 쓸 때까지, 어쩌면 글을 다 쓸 때까지 구조를 찾지 못할지도 모른다. 괜찮다. 언젠가는 구조가 모습을 드러낼 테고 그제야 모든 이가 맞물리게 되리라는 사실을 믿어야 한다.

관점도 매우 중요하다. 작가는 집안에 어두운 방을 두고 싶을지도 모른다. 책꽂이가 빼곡한 서재를 두고 싶을지도 모른다. 등장인물이 작가를 그리로 인도할 것이다. 그가 어떤 분위기를 자아내는 언어를 선사할 것이다. 커튼, 책상, 탁상용 전등의 불빛, 마룻바닥 아래의 비밀통로. 방은 저마다의 인물을 반영해야 한다. 인물이 그 안에 **살고 있기** 때문이다. 어떤 인물은 햇볕이 잘 드는 일광욕실을 원할 테고, 어떤 인물은 주방의 아일랜드 식탁 위에 석고상처럼 걸터앉길 원할 것이다. 나선형의 계단을 두고 싶어 하는 인물도 있을 테고, 석탄 저장고에 몸을 숨겨야 안심하는 인물도 있을 것이다.

동네에 짓고 있는 건물이나 집이 있다면 가서 한번 보자. 처음에 얼마나 헐벗은 모습인지 직접 눈으로 확인하자. 한가득 쌓아 놓은 합판 더미, 못, 철근 기둥이 결국에는 사람들이 죽을 때까지 사랑하고 미워하며 사는 보금자리로 탈바꿈한다는 게 가능이나 한 일인지 생각해 보자. 그리고 다음 주에 또 와 보자. 그 다음 주에도 또 와 보자. 앙상한 뼈대가 번듯한 집으로 변해 가는 과정에 무척 놀라게 될 것이다. 이전에는 아무것도 아니던 것이 무언가가 되는 변화의 물리학.

글의 구조와 관련해서 위대한 작가들의 작품이 얼마나 수학적인지 알면 놀랄지도 모른다. 그러나 걱정하지 말자. 그들이 발견한 구조가 수학적이란 얘기지, 작가들이 처음부터 구조를 찾으려고 작정하고 글을 쓰는 건 아니다. 그들은 글을 써가면서 차츰 구조를 발견한다. 이러한 측면에서 작가는 건축가와 다르다. 그들은 엄격한 규칙에 얽매이지 않는다. 법칙의 방해를 받지 않는다. 수학은 시를 통해 찾아온다. 그리고 시는 수학에 의해 지탱된다.

그러므로 글을 쓰고 다시 배열하고, 글을 쓰고 다시 배열하는 과정을 반복하자. 마침내 글의 구조가 떠오르는 걸 보게 될 것이다. 작업에 공을 들이면 들일수록 구조가 더 선명하게 드러난다. 구조가 눈으로 알아볼 수 있는 형태를 띠게 된다. 이는 거저먹기로 쉽게 나타날 수 있는 형태가 아니다. 어려움 속에 그 목적이 있다.

이제는 집 내지는 집 모양새를 대충 갖춘 공간을 마련했으니 방을 허물고 작은 탑을 세우고 지하실로 이어지는 계단을 다시 손보고 굴뚝을 옮겨 달 차례다. 드디어 정말로 살고 싶은 공간이 갖춰진 셈이다. 그 안을 돌아다니면서 이곳에 현관을 만들고 저곳에 벽을 세우고 방 모서리를 다듬고 비뚤어진 각도를 제대로 맞추고 가구를 몇 점 들이고 먼지가 뽀얗게 내려

앉은 창가를 청소해야 한다.

이제는 손님을 초대해 집안을 구경시킬 차례다. 독자라면 집의 뼈대나 벽 뒤의 배선이나 설계도 따위를 보고 싶진 않을 것이다. 이 공간은 작가의 작품이자 비밀이다. 대저택이 되었든, 오두막집이 되었든, 보트 창고가 되었든, 독자는 작가가 만든 구조물 안에서 편안해야 한다.

작가는 자기가 만든 구조물 안에서 이곳저곳을 건너뛰며 다닐지 몰라도, 독자는 어김없이 직선 방향으로 움직인다는 사실을 절대로 잊지 말자. 그러니 손님 입장이 되어 집안을 꼼꼼히 살펴야 한다. 규모가 넉넉한가? 창문이 너무 많진 않은가? 전에는 아무도 시도하지 않았던 공간을 만든 게 맞나?

결국 이 공간의 비밀을 아는 사람은 작가뿐이다. 구조는 돌 안에 숨겨진, 아직 탄생하지 않은 조각품이다. 작가가 그 돌을 끌로 깎아 내 생명을 불어넣는다. 그로써 훌륭한 서사의 박물관이 비로소 탄생한다. 언어로 시작하자. 그러면 내용이 형태를 띠게 된다.

마지막 한 마디. 작가가 그 공간에 영영 살아야 되는 건 아니다. 다행인 일이다. 아무도 죽을 때까지 한곳에 머무르지 않는다. 망치와 못을 들고 다시 한 번 집을 떠날 때다.

무엇이 중요한가?
- 언어와 플롯

내 생각에 플롯은 훌륭한 작가의 최후의 수단이자
어리석은 작가의 첫 번째 선택이다.
- 스티븐 킹

교사로서, 편집자로서, 에이전트로서, 독자로서, 우리는 플롯에 너무 치중하는 실수를 범하곤 한다. 플롯은 문학에서 전부가 아니다. 물론 중요하긴 하지만, 언어보다 늘 부차적이다. 서사에서 플롯은 부수적인 역할을 한다. 무슨 일이 일어났는가가 어떻게 일어났는가보다 흥미롭지 않기 때문이다. 더욱이 어떻게 일어났는가는 언어가 그 사건을 포착하는 방식, 우리의 상상력이 그 언어를 행동으로 옮기는 방식에 따라 서술된다. 어떤 뚱뚱한 남자라도 계단을 내려올 수 있지만, 위풍당당하고 살찐 벅 멀리건이 거울과 면도날이 엇갈려 놓인 면도용 그릇을 들고 계단에서 나오게 하는 건 제임스 조이스만이 할 수 있는 일이다.

그러니 젊은 지휘자여, 내게 음악을 달라. 전에 누구도 하지 않았던 방식으로 사건이 일어나게 하라. 시간을 멈추고 축하하라. 시간을 허물어라. 시시각각 째깍거리던 시계 초침이 한 시간이고 꿈쩍 않도록 하라. 과거를 향해 돌연 총구를 겨누어라. 기억이 거꾸로 솟구치도록 하라. 동시에 두 곳, 아니 세 곳에 머물러라. 속도와 위치를 파괴하라. 어떤 일이든 일어나게 하라. 하늘 높이 솟은 건물들을 끌어내려라. 미시시피 강둑의 진흙을 모조리 없애 버려라.

요즈음 이 시대에 우리는 플롯 때문에 병에 걸렸는지도 모른다. 플롯은 영화에는 좋지만, 플롯을 너무 진중하게 고려하다가는 책이 삐걱거릴 소지가 있다. 그러니 플롯을 부풀리지 말자. 조용한 행간에 귀를 기울이자. 그렇다. 누구든 거창한 이야기를 할 수 있지만, 아름다운 이야기를 귓가에 속삭일 수 있는 사람은 몇 되지 않는다. 영화의 세계에서는 행위로 이어지는 동기가 필요하지만, 문학의 세계에서는 행위뿐만 아니라 비행위로 이어지는 모순이 필요하다. 극적인 비행위, 즉 휴지(休止)야말로 강렬한 인상을 준다. 삶에서 순간적으로 마비된 등장인물만큼 효과적인 장치도 없다.

위대한 소설을 보면 이렇다 할 뚜렷한 플롯이 없다. 바람난 아내를 둔 남자가 24시간 더블린을 배회한다. 총격전도 없고, 비열한 짓거리도 없고, 자동차 사고도 없다(허공으로 내던져진 비스킷 깡통이 있을 뿐이다). 대신, 위대한 소설에는 인간이 겪는 경험의 거대한 개요가 담겨 있다. 그러면서도 모든 이야기는 특정한 형태의 플롯을 가져야 한다는 규칙을 어기지 않는다(특히 『율리시스』는 어떤 소설보다도 플롯이 많다).

결국 플롯이 해야 하는 역할은 우리의 마음을 어떤 식으로든 비틀어 짜는 일이다. 플롯은 우리를 변화시켜야 한다. 우리가 살아 있음을 깨닫도록 만들어야 한다.

우리는 무엇이 일어나는가를 노래하는 음악도 신경 써야 한다. 한 가지 사건이 그 다음 사건으로 이어진다. 인간의 마음속에 자리 잡고 있는 고뇌들이 우리 눈앞에서 펼쳐진다. 그게 바로 플롯이다. 어떤 일이든 일어날 수 있고, 아무 일도 일어나지 않을 수 있다. 게다가 아무 일이 일어나지 않더라도,

세상은 여전히 분초를 다투며 변화한다. 아마도 이것이 가장 놀라운 플롯일 것이다.

구두법
-마구 남발할 일이 아니다

제가 분리 부정사를 쓸 때에는 그럴 만한 이유가 있어서 그런 것이니,
부정사를 분리된 채로 놔두어야 한다고요.
- 레이먼드 챈들러가 편집자에게 보내는 편지 중

사실을 말하자면 그냥 마구 남발할 일이 아니다. 사실을 말하자면, 그냥 마구 남발할 일이 아니다.

구두법은 중요하다. 문장의 생과 사를 가르기도 한다. 붙임표. 마침표. 쌍점. 쌍반점. 말없음표. 괄호. 이 모두가 문장을 담는 그릇이다. 단어들의 윤곽을 형성한다. 작가가 문법을 알아야 할까? 그렇다. 그래야 한다. My husband and me 아니

면 My husband and I? Their 아니면 They're 아니면 There? It's 아니면 Its 아니면 Its'? Toward 아니면 towards? 함정은 도처에 있다.

쌍반점을 너무 자주 사용하지 말자. 물론 적절히만 사용하면 강력한 힘을 발휘하는 쉼표다. 소설에서 괄호를 쓰면 거기에 너무 많은 관심이 쏠린다. 잘 쓴 소설 작품들을 보면서 소유격을 올바로 사용하는 법을 배우자. 그리고 (영어) 문장 끝에 쓰지 말아야 할 단어는 "at"(이런 죄송). 말없음표를 남발하지 말자. 특히 구절의 끝에서 조심해야 한다. 너무 극적인 분위기가 조성될 수 있다……(보시다시피……).

문법은 세월이 흐르면서 변화한다. 셰익스피어나 베케트, 『뉴요커』 필진의 글만 봐도 알 수 있다. 거리의 언어는 끝내 학교의 언어가 된다. 체험에 근거한 언어가 규칙에 근거한 언어가 된다는 얘기다. 만약 책을 펴낼 기회가 생긴다면(아니면 책을 펴낼 때,라고 해야 할까?) 교정자가 작가의 문법 오류를 고치거나 수정을 제안하게 된다. 따라서 작가는 일종의 안전망을 갖는 셈이다.

윌리엄 카를로스 윌리엄스가 말했듯이, 숱한 것이 빨간 외바퀴 손수레에 의존한다. 특히 손수레가 행의 끝에 외따로 서 있을 때 더욱 그러하다.

문장에 현미경을 갖다 대고 너무 깊이 고민하는 경우가 있다. 문법을 철저히 지키다 보면 문장 내지는 손수레가 굴러가는 속도가 더뎌질 수 있다. 단어들을 완벽히 나열하면 너무 딱딱하게 들릴 수 있다. 가끔은 연속적 쉼표를 쓰지 않거나 문법 오류로 보인다 할지라도 분사의 주어와 주절의 주어가 일치하지 않는 상태로 두어야 한다. 때때로 우리는 의도적으로 실수를 한다. 그 차이를 직감할 수 있는 한, 주절과 종속절의 차이를 아는 일이 그리 중요하지 않을 수도 있다. 대문자 표기법을 왜 따라야 하는지 의문을 품을 수도 있다. Velcro보다 velcro를 썼을 때, hoover보다 Hoover를 썼을 때 문장이 더 나아 보일 수 있다. 이따금 우리는 올바르지 않은 문장을 쓰지만 그 문장은 노래처럼 울려 퍼진다. 그렇다면 이 질문을 해야 한다. 조류학자가 될 것인가? 새가 될 것인가?

작가들은 문법을 안다기보다 느낀다. 다량의 독서를 해야 가능한 일이다. 독서를 충분히 한다면 문법은 따라온다. 다 따지고 보면, 언어 자체, 그 아른거리며 너울지는 빛이 철두철미한 문법규칙보다 훨씬 더 중요하다.

자료 검색
- 구글은 깊이가 없다

알려진 것들이 있고 알려지지 않은 것들이 있다.
그 사이에 지각의 문이 놓여 있다.
- 올더스 헉슬리

자료 검색은 올바른 글쓰기의 기본이다. 심지어 시를 쓸 때도 그렇다. 우리는 이미 알려진 세상을 넘어서서 세상을 알아야 한다. 우리와 직접적인 연관이 없는 삶, 시대, 또는 장소로 뛰어들 수 있어야 한다. 작가는 자주 성별, 인종, 시대를 뛰어넘어 글을 쓰고자 한다. 그러기 위해서는 심도 있는 검색이 필요하다.

알려지지 않은 것을 향해 손을 뻗쳐야 한다. 하나가 아닌 여러 목소리에 다다라야 한다. 정직하고 공정하게 거기에 다다라야 한다. 그러나 적어도 표면적으로 우리의 삶과 확연히 다른 삶에 대해 어떻게 글을 써야 할까? 상상의 산물이지만 진실인 경험을 어떻게 창조해야 할까? 우리를 벗어나 어떻게 밖으로 나가야 할까?

답의 일부는 적절하고 심도 있는 도덕적인 자료 검색에서 찾을 수 있다.

물론 구글은 도움이 된다. 그러나 세상은 구글보다 더 심오하다. 검색엔진 하나가 세상의 모든 도서관에 불을 비출 수는 없다. 도서관에는 먼지 쌓인 지하일지언정 책들이 실제로 살아 숨쉬며 서로 옥신각신 논쟁을 벌인다. 그러니 도서관으로 가자. 소장자료 목록을 확인하자. 지도 자료실로 가자. 사진 자료가 가득 든 상자를 열자. 도서관 사서는 답하기 어려운 질문일수록 더 반긴다. 그들은 전문가를 찾는 데 전문가이다.

자기 삶과 다른 삶에 대해 알려면, 적어도 절반쯤 진척된 상태에서 그 삶과 대면하려는 시도를 해야 한다. 거리로 나가자. 사람들에게 말을 걸자. 관심을 보이자. 귀 기울이는 법을 배우자. 귀가 적응할 수 있도록 시간을 주자. 다른 시대에 관해 글을 쓴다 하더라도, 적어도 그 시대가 우리를 어디로 이끄는지는 알아야 한다. 예를 들어, 1940년대 플로리다의 히스패닉계 조선업자의 삶에 대해 알고 싶다면, 우선 도서관으로 가서 자료를 찾은 다음 기회가 된다면 플로리다로 직접 가자. 거기서 조선소로 간 다음 여기저기 수소문하면서 누군가를 아는 누군가, 또는 누군가를 기억하는 누군가를 찾자. 그도 아니면 상상 속에서라도 누군가를 찾을 수 있다. 열쇠를 이리저리 충분히 돌리다 보면 마침내 자물쇠를 열게 된다.

믿을 만한 세부사항을 반드시 찾아야 한다. 세부사항이 구체적일수록 더 좋다. 작가가 혼자 있을 때 그에게 일어날 수 있는 모든 일에 대해 아름답게 이야기한 바 있는 윌리엄 개스가 모파상을 거론하면서 말했듯이, 단순히 재떨이를 언급해서는 안 된다. 그 재떨이를 세상에서 유일한 재떨이로 만들 수 없다면 말이다.

예술이란 세상을 세부사항의 현미경 아래에 갖다놓아 세상에 대처하는 한 가지 방법이다. 작은 의도가 큰 의도의 삶을 드러낸다. 어쨌든 우리 대부분은 작은 세상에 살고 있다. 입자는 작을수록 더 신비롭다. 쿼크의 맛, 색깔, 회전을 상상해 보라. 신비로울수록 아름다울 가능성이 더 크다. 신이 디테일에 존재한다면 악마 역시 그러하다.

자료 검색을 적절히 하지 못해도 함정에 빠질 수 있다. 가끔 우리는 빤한 정보를 줄줄이 늘어놓아 글을 더럽힌다. 그 대신, 공간을 남겨두고 상상력의 근육을 사용하여 그 공간을 채우는 편이 더 나을 때가 많다. 자료 검색을 얼마만큼 해야 충분할지 늘 스스로에게 묻자. 사실, 사실, 사실을 연달아 열거하여 글을 망가뜨리지 말자. '사실'은 고용된 용병과도 같다. 사실은 용도나 목적에 맞게 조작되거나 꾸며지거나 부풀려질 수 있다. 글의 결이 사실보다 훨씬 더 중요하다.

더 넓은 세상을 드러내는 한 가지 작은 세밀한 사항에 주목하자. 관건은 전문가들만이 알아볼 수 있는 두드러지는 세부 사항, 즉 구조의 나머지를 드러내는 작은 하나의 원자를 찾는 일이다. 그러한 세밀한 사항을 찾아서 사용하되, 거기에 너무 많은 관심이 쏠리게 하지는 말자. 이것이야말로 자료 검색의 비결이다. 전문가에게조차도 전문가처럼 보여야 한다.

자료를 성실히 검색하면서 세밀한 사항에 관심을 기울이다 보면, 어느새 노래하듯 흐르는 이야기를 완성하게 될 것이다.

부디 문장이 녹슬게 하지 않기를

"하루 종일 『율리시스』를 쓰느라 애를 썼네." 조이스가 말했다.
"글을 많이 썼다는 말인가?" 내가 물었다.
"두 문장을 썼지." 조이스가 대답했다.
"적절한 말을 찾느라 그랬나?" "아니." 조이스가 대답했다.
"단어들은 이미 다 찾았지. 문장 속에서 단어들을 완벽한 순서로 배열하느라 그랬다네."

- 제임스 조이스와 프랭크 버젠

글을 쓸 때에는 공들여 쓴 문장을 독자에게 한 번에 하나씩 보내듯 해야 한다. 산문도 시만큼이나 심혈을 기울여 써야 한다. 모든 단어가 중요하다. 운율과 정확성을 시험해야 한다. 모음운, 두운, 압운을 신경 써야 한다. 안으로부터 울려 퍼지는 반향을 생각해야 한다. 매번 움직임을 달리 해야 한다. 마치 춤을 추듯이. 저절로 생겨나는 소리와 움직임에 귀 기울이

자. 엘리베이터를 타면 흘러나오는 경음악이 되어서는 안 된다. 스스로를 다그쳐 한 발짝 더 나가게 해야만 자신을 돋보이게 할 수 있다.

모든 글쓰기에는 한계가 있지만, 적어도 방향성이 없는 문장이 있어서는 안 된다. 바람결을 따라 항해하자. 알맞은 때를 기다려 방향을 타자. 단, 어떤 비유는 남발하면 효과가 사라진다. 뜨거운 눈물은 이제 그만. 우유처럼 새하얀 허벅지도 이제 그만. 막간을 채우는 식상한 꿈이나 회상 장면도 이제 그만. 피처럼 붉은 석양도 이제 그만. 문학의 기념품 가게를 더 이상 찾지 말자. 등장인물이 단조롭게 거리를 걷도록 하는 대신, 그가 의기양양하게 활보하거나 털썩 쓰러지거나 터덜터덜 걷거나 절뚝거리게 만들자. (물론 그저 '걷는다'는 표현이 가장 완벽한 단어일 때도 있다.)

단순한 단어를 꾸미고 치장하면 그 힘이 사라지기도 한다. 단순한 단어라도 적절히 반복하면 그에 걸맞은 효과를 낸다. 헤밍웨이나 브루스 채트윈, 존 맥가헌의 작품을 참고하자. 놀라움을 안겨 주는 문장을 찾고, 거기에 놀라움을 더해 더욱 놀라움을 안겨 주는 문장을 만들자.

그 누구도 이전에 하지 않은 방식으로 단어들을 엮어 보자.

이렇게 하면 남다른 분위기를 자아낼 수 있다. 문장 하나를 완성하는 데 수주가 걸릴 수도 있다. 수개월이 꼬박 걸릴 수도 있다. 농담이 아니다.

가끔은 아주 강렬한 인상을 주는 문장들 사이에 지극히 평범한 문장을 끼워넣어 보자. 아니면 반대로 평범한 문장들 사이에 극적인 문장을 끼워넣어 보자. 때로는 문장의 의도적인 단조로움을 존중해야 한다.

무엇을 하든지 자기만의 것으로 만들자. 남의 것을 취하되, 고스란히 베껴서는 안 된다. 모방을 하면 본래의 독창적인 목소리를 잃기 마련이다. 카버다운 글은 레이먼드 카버만이 쓸 수 있다. 카버의 글을 취하되, 끌을 갖다 대 다시 조각해야 한다. 영영 변하지 않을 듯했던 문장들을 새롭게 탄생시키자.

그리고 그 문장들을 사랑하는 독자에게 보내자. 봉투 하나에 한 문장씩 정성껏 담아서.

희망을 품는 습관

산산조각 난 세상에서 아름다움을 찾는 일은
우리가 발견한 세상에서 아름다움을 창조하는 일과 같다.
- 테리 템페스트 윌리엄스

글 쓰는 삶을 넘어서서, 살 가치가 있는 나름의 삶을 찾자. 희망하는 습관을 갖자. 세상이 명백한 증거를 들이밀더라도 나에게는 한줌의 기쁨을 허락하자. 할 수 있다면 어디서든 증거를 만들도록 노력하자.

문학에서 올림픽은 없다

소설이 성공을 거두었다면, 그 소설은 저자보다 현명한 게 틀림없다.

- 밀란 쿤데라

누구와도 경쟁하면서 글을 써서는 안 된다. 문학에는 올림픽이 없다. 문학상이 있긴 하지만, 문학에는 금메달도, 은메달도, 동메달도 없다. 문학의 종반전에서는 최고라는 말이 소용없다. 더 낫다는 말은 수긍할 수 있어도. 작가의 본분은 더 나은 글을 쓰는 일이다. 단순하다.

작가는 글 쓰는 데 온 기운을 쏟아부어야 한다. 다른 사람이

성공이나 실패를 했다고 해서 내 손끝에서 새로운 문장이 떠오르지는 않는다. 다른 작가가 좋은 평을 들었다고 해서 내가 좋은 평을 들을 기회가 사라지지는 않는다. 공급이 한정돼 있는 건 아니다. 다른 작가가 좋은 책을 썼다고 해서 내가 그러지 못한다는 건 아니다. 다른 작가가 거액의 원고료를 받았다고 해서 내가 받을 금액이 줄어드는 건 아니다.

다른 작가를 두고 불평하지 말자. 다른 작가가 당신에 대해 불평하는 소리를 들었다 하더라도 말이다. 그냥 내버려 두자. 그들은 새벽녘에 목이 쉰 채로 깨어날 테니. 반면 당신은 적어도 낭랑한 목소리를 낼 기회를 얻게 된다. 복수할 필요도 없다. 좋은 글을 쓴다면 그걸로 충분한 복수다.

누군가를 이기려고 글을 쓴다면 투명 잉크로 글을 쓰는 것이나 다름없다. 쓴 글이 고스란히 사라지는 광경을 지켜보라.

대신, 점잖고 입이 무거워야 한다. 겸손한 자세를 잊지 말자. 앞만을 똑바로 응시하자. 다른 작가가 찬사를 받을 자격이 있다면, 그에게 찬사를 보내자. 만약 그가 찬사를 받을 자격이 없다면, 되도록 입을 다무는 편이 낫다.

물론 그렇다고 해서 당신이 남보다 더 나은 작가가 되기를 원치 않는다는 의미는 아니다. 남보다 나은 글을 쓰는 일은 작가가 지닌 본분의 일부이다. 다만, 더 나은 방식으로 나아져야 한다. 자신과의 경쟁에 몰두하자. 강인하고 정직해져야 한다. 주먹을 휘두르려거든, 먼저 자기 턱에 대고 한 방을 날려라. 그 맛이 어떤지 느껴 보고 마음을 고쳐먹자.

작가의 삶에서 가장 큰 해악은 글로 쓰이지 않은 이야기일지도 모른다. 글을 쓰지 않으면 작가가 아니다. 자신과의 경쟁을 피하는 꼴이다. 이것은 단순한 논리이다. 그러나 원고가 백지 상태라면 가슴팍을 발로 차이는 셈이나 다름없다. 흰 여백이 너무 많으면 좋지 않다. 백지는 백지이다. 백지는 끝까지 작가를 따라다니며 괴롭힌다.

그렇지만 줄곧 생각에 골몰한 나머지 머릿속이 마비되어서는 안 된다. 자기에게 너무 엄한 잣대를 들이댈 수 있다. 이 점만은 알아야 한다. 작가라면 누구나 아주 형편없는 책을 한 권쯤은 내놓기 마련이다. 대부분의 우리는 함량 미달의 책을 많이 내놓는다. 그러나 형편없는 책이라도 결실은 결실이다. 그게 세상의 끝은 아니니까. 실은 자연스러운 흐름의 반복이다. 어쨌거나 우리는 다음 날 아침에도 일어나야 한다. 그 다음 날 아침에도.

젊은 작가여, 아침이 영원할 것 같은 느낌으로 뻔뻔스러운 자신감을 갖는 때는 아주 잠시다. 지금처럼 낙관적일 수 있을 때도 아주 잠시다. 좋든 싫든, 젊은 작가도 끝내는 나이가 들어 기쁨에서 우러난 춤을 동경하게 되기 때문이다.

젊은 작가는 몇 살인가?

사람들이 세상의 이치에 대해 실마리를 갖는다는 개념 자체는
'시간'이라는 야생의 나라에 자행된 우스꽝스러운
형이상학적 식민주의에 불과하다.
-로리 무어

젊은 작가라 함은 몇 살을 의미할까? 17세? 60세? 46세? 누가 신경이나 쓰겠는가? 젊은 작가일수록 열여덟 살이 되기 전에 아니면 스물다섯을 막 넘기기 전에 책이 세상에 나오길 원한다. 꺾여서는 안 될 야심찬 포부이지만, 이루지 못한다 하더라도 조바심 내진 말자. 30세도 괜찮다. 50세도 나쁘지 않다. 64

세는 뭔가를 시작하기에 좋은 나이이다. 프랭크 맥코트를 생각해 보길. 90살도 나쁜 때는 아니다.*

작가가 젊다고 해서 시간을 멈출 수는 없다는 사실을 명심하자. (우리는 오로지 글 속에서만 시간을 멈출 수 있다.) 다른 작가가 나보다 젊다고 해서 그가 영원한 건 아니다. 자신에게 압박을 가해도 좋다. 나와의 경쟁이 시작되는 시발점이니까. 그렇지만 세월을 두고 넋두리하지는 말자. 나이가 너무 많다거나 한창 때가 이미 가버렸다고 생각하는 건 좋지 못하다. 단념하고 포기해서는 안 된다. 재능 있는 작가가 자기 삶을 후회한다면 그야말로 최악이다. 더욱이 후회 때문에 침묵 속으로 빠져드는 건 정말로 용납할 수 없다. 다른 사람들이 당신이 포기했다고 생각한 한참 후에라도 다시 펜을 집어들 수 있다. 그것이야말로 아름다운 일이다. 작가는 일종의 운동선수인 셈인데, 마음은 은퇴할 필요가 없다. 그러니 제자리로 돌아가자. 마음을 다잡고 다시 일어서자. 평소보다 한 시간 일찍 일어나 글을 쓰자. 남몰래라도 말이다.

---

* 프랭크 매코트는 66세에 처음 발표한 자전적 소설 『안젤라의 재』로 퓰리처상과 국제비평가상, LA타임스도서상을 수상했다. — 옮긴이

물론 나보다 젊은 작가가 펴낸 책을 보고 속이 상할 수도 있다. 서점으로 가서 그 책을 집어 들고 앞표지를 보자. 저자 이력을 찬찬히 뜯어보자. 감탄하면서도 탐탁지 않다는 듯 이렇게 내뱉자. "젠장, 어리네." 그러곤 이렇게 말하면 된다. "그래서 뭐?" 이제 집으로 돌아가 한껏 치열해진 자세로 새롭게 글쓰기에 몰입하면 된다.

때가 지났다고 생각하는 작가에게 해줄 한 가지 조언이 있다. 책을 작업하는 중이라고 너무 많은 사람들에게 말하지 말자. 아직 책을 끝내지 못했냐고 사람들이 물어볼 기회를 주지 말자. 모임 자리에서 그들이 나를 괴롭힐 기회를 주지 말자. "쓰고 있는 책은 잘 되어 가고 있나요?"라는 질문만큼 듣기 싫은 말도 없다. (누군가가 책 쓰기를 다 끝냈다는 소식을 듣는 일 다음으로 최악이다.) 사람들 대부분은 책 한 권을 완성하기까지 얼마나 많은 시간이 걸리는지 잘 모른다. 그저 "책을 쓰는 중"이라고만 말하자. 책을 쓰는 중이 아니어도 말이다.

쉼 없이 작업하고 계속해서 글을 빚어내자. 끝내 책이 완성될 테니. 어쩌면 생각보다 더 빨리 책을 손에 넣게 될지도 모른다.

꼰대가 되지 말아라

인간의 삶에서 중요한 세 가지가 있다. 첫 번째로 친절해야 하고,
두 번째도 친절해야 하고, 세 번째도 친절해야 한다.
- 헨리 제임스

어이, 당신. 거기 구석에 있는 당신 말이야. 그래. 거기 어설프게 웃고 있는 당신. 돌아서지 마. 난 그 웃음을 알지. 나 역시 그렇게 웃던 사람이니까. 내 말 잘 들어. 그래 당신 말이야. 귀는 반쯤 열려 있으면서 듣지 않는 척하는군. 혼자서 낭만적 환상에 사로잡히지 마. 내 말 듣고 있나? 그래. 거기 고개 쳐들고 있는 당신 말이야. 잘 들어. 자기 자신으로부터 자신을 구하라고.

¶

작가가 되었다고 해서 술집에서 흥청거리거나 약물에 절거나 카바레 쇼를 기웃거리거나 밤늦도록 술병을 들고 허세를 부려서는 안 될 일이다. 작가가 된다는 건 숙취에 시달리거나 밤새 파티를 벌이거나 책표지에 쓸 그럴싸한 사진을 찍는 일이 아니다. 페이스북이나 트위터에 시답잖은 글을 올리는 일도 아니고, 셔츠니, 모자니, 스카프니, 흰색 양복이니 갖가지 꾸밈새에 신경 쓰는 일도 아니다. 세간의 관심을 얻는 것도, 회심의 미소를 짓는 것도 아니다. 자화자찬도 아니다.

글쓰기가 우선되지 않는 한, 누구도 작가의 삶에 대해 신경 쓰지 않는다. 글쓰기가 가장 중요하다. 그게 종점이다. 종이 위에 펼쳐지는 글이야말로 작가의 삶을 흥미롭게 만든다.

너무도 많은 젊은 작가들이 자기가 어떤 글을 쓰는지는 생각하지 않고, 본인을 작가라고 여긴다. 이 점을 명심하자. 반드시 종이 위에 글이 펼쳐져야 한다. 그러니 작가라고 자칭하면서 돌아다니지 말자. 작가가 본인에게 강박적으로 사로잡히는 건 금물이다. 모임 자리에 나타나 새로운 글감이 떠올랐다고 떠벌리지 말아라. 워크숍에 나타나 쓰고 있는 소설의 첫 문장이 어떻다드니 떠들지 말아라. 예술가로서의 삶, 더 심하게는 자칭 연예인으로서의 삶의 어느 부분에 대해서도 관심이 쏠리게 하지 말아라. 그 삶에 대해 정말로 알고 싶은 사람이라면 당신에게 직접 물어볼 것이다. 아무 말도 하지 말아라. 말할 필요가 생기기 전까지는.

내 말을 오해하지 않았으면 한다. 작가라면 전과기록이 깨끗해야 하거나 술은 입에도 대지 말아야 한다거나 점잔빼야 한다는 얘기가 아니다. 격식 차리며 살 필요는 없다. 항상 맑은 정신일 필요도 없다(다만 글을 쓸 때에는 제발 냉철함을 유지하자. 덫에 빠져서는 안 된다). 고분고분하게 순종할 필요도, 누구에게 굽실거릴 필요도 없다. 나이 든 작가들이 침을 튀기며 떠들어대는 허튼소리에 귀 기울일 필요도 없다. 아예 이 편지를 잊길. 지체 없이 물러나 책상 앞으로 가서 글을 쓰길. 쓴 원고를 갈기갈기 찢고 다시 글을 쓰길. 작가는 글을 쓰는 사람이다.

그래도 이 한마디는 하고 싶다. 내가 해줄 수 있는 가장 유익한 충고이다. **꼰대가 되지 말아라.** 모임에서든, 서점에서든, 종이 위에서든, 머릿속에서든, 사람들 욕을 하지 말아라. 동료들을 모욕하지 말아라. 본인이 얼마나 대단한 사람인지 남들에게 떠벌리지 말아라. 술을 다 마셔 버리지 말고, 아무도 듣지 않는다고 불평하지 말아라. 벗들을 무시하지 말아라. 음흉하게 웃지 말아라. 자기가 더 낫다고 생각하지 말아라. 겸손이 오만함으로 변질되지 않게 하라. 누군가가 담배를 피우지 말라고 하면 피우지 말아라. 귀한 은 식기를 발코니에서 떨어뜨리지 말아라. 남의 험담을 하지 말아라. 카펫에 구토를 하는 실례를 범하지 말아라. 손님을 초대한 주인을 욕되게 하지 말아라. 선심 쓰듯이 행동하지 말아라. 조력자를 오도 가도 못하게 붙잡아 두지 말아라. 책 계약에 대해 말하지 말아라. 선인세가 얼마인지 언급하지 말아라. 한숨짓지 말아라. 하품하지 말아라. 사람들이 가려워하는 데를 긁지 말아라. 뭔가를 묵살해 버리지 말아라. 방 안을 훑어보지 말아라. 거짓말을 하지 말아라. 아첨하지 말아라. 출판사 이름을 슬쩍 흘리지 말아라. 요란하게 자축하지 말아라. 가르치려 들지 말아라. 남에게 굴욕감을 주지 말아라. 제발 부탁인데, 꼰대가 되지 말아라.

하지만, 착해 빠져서도 안 된다 (어쨌거나 소설 속에서 말이다)

실수로라도 완벽한 인물을 만들려 하지 말아라…
그들을 사람, 사람, 사람으로 놔두어라.
그들이 상징이 되게 하지 말아라.
- 어니스트 헤밍웨이

행복한 가정은 모두 엇비슷하다고 톨스토이가 말했지만, 불행한 가족들은 저마다 다른 방식으로 불행하다. 그러니 이렇게 묻자. 등장인물들을 너무 친절하거나 다정하게 만든 건 아닌가? 그들이 너무 신실한 건 아닌가? 그들에게 거친 면모를 부여했는가? 그들에게 어떤 "결점"을 만들어 주었는가? 그들에게 진실하거나 놀랍도록 충격적인 면이 있는가? 그들을 악마와 연관지을 수 있는가?

등장인물은 지문을 가져야 한다. 그들을 궁지로 몰아넣기를 두려워하지 말자. 그들은 비열하거나 믿을 구석이 전혀 없거나 인종차별주의자거나 고독하거나 길을 잃고 방황하거나 어리석거나 정신적 문제를 겪을 수 있다. 우리처럼 말이다. 결국 이 모든 건 현실이다. 적어도 현실의 재창조이다.

등장인물을 외따로 떨어져 있게 하지 말자. 그들이 하나의 생각만을 상징하게 내버려 두지 말자. 비유의 이면에는 늘 견고한 의미가 있어야 한다.

(작가의 소설이라 할 수 있는) 작가의 실제 삶에는 늘 어려움이 있기 마련이다. 갑작스러운 분노의 표출이나 이혼, 길거리 한구석의 싸움이 있기 마련이다. 속내를 감춘 말, 속임수, 배신, 표리부동, 감내해야 할 숱한 헛소리가 있기 마련이다. 익숙해지자. 그게 삶이다.

이 모든 게 이야기의 불을 지피는 땔감이 될 수도 있고 아닐 수도 있지만, 한 가지는 분명하다. 작가는 계속해서 글을 쓰면서 삶으로부터 삶을, 늑골로부터 늑골을, 결점으로부터 결점을 만들어 낸다는 사실이다.

실패하라. 실패하라. 실패하라

괜찮다. 다시 시도하라. 다시 실패하라. 더 낫게 실패하라.

- 사무엘 베케트

베케트의 말은 거듭 되뇔 필요가 있다. "괜찮다. 다시 시도하라. 다시 실패하라. 더 낫게 실패하라."

실패는 좋다. 실패는 야심을 인정한다. 실패는 용감함을 인정한다. 실패는 대담함을 인정한다. 실패하려면 용기가 필요하고, 실패하리란 걸 알려면 더 많은 용기가 필요하다. 자신을 뛰어넘자. 진정 용기가 있다면, 원고를 거절하는 또 다른 편지가 도착해 있으리라는 걸 알고서 우편함으로 서슴없이 다가갈 수 있어야 한다. 편지를 찢어 버리지 말자. 편지를 불태우지 말자. 대신 편지를 벽지로 쓰자. 잘 간직해 놓았다가 가끔씩 다시 읽자. 다가올 미래에는 그 거절 편지가 아련한 추억이 될 테니. 편지는 색이 바래 네 귀퉁이가 말릴 테고, 남들 눈에 비친 침묵하고 있는 나에 맞서 목소리를 높이는 일이 어떤 느낌이었는지 기억할 것이다. 실패는 생기를 불어넣는다. 실패는 앞으로 나아가게 한다. 실패는 아침잠을 깨운다. 실패는 피를 돌게 한다. 실패는 숨을 크게 들이켜게 한다. 실패는 더 크고 나은 이야기를 글로 쓰라고 어깨를 다독인다.

결국, 단 하나의 진정한 실패만이 있다. 실패할 수 있기 위한 실패이다. 시도하는 자가 진정으로 용감한 자이다.

자신감을 갖자. 실패는 뇌에 황과 같은 존재이다. 성냥에 불을 붙이자. 숨을 크게 들이마시자.

읽자. 읽자. 읽자.

독서를 하지 않고 글을 쓰려 함은 홀로 작은 배를 타고 위험천만하게 바다로 향하는 일과 같다. 외롭고 위험하다. 수평선 이 끝에서 저 끝까지 다른 배의 돛들이 가득한 광경을 보고 싶지 않은가? 근처의 배들을 향해 손을 흔들고 싶지 않은가? 잘 만든 배를 보고 감탄하고 싶지 않은가? 내 나름의 항적을 남길 것을 알고서, 나를 위한 바람과 바다가 충분할 것을 알고서, 항적을 들락거리고 싶지 않은가?

- 테이아 오브레트

독서를 하지 않은 작가들은 놀랄 만큼 많다. 특히 나이 든 작가들은 오직 자기 작품만이 읽을 가치가 있다고 생각한다. 그들의 독서 세계는 그렇게 줄어든다. 그들은 충분히 글을 썼기 때문에 이제는 아늑한 실내로 들어와도 된다고 생각한다. 그들은 커튼을 닫아 버린다. 서재의 그림자가 드리워진 소파에 깊숙이 몸을 누인다. 책장을 몇 장 뒤척이고는 이내 피로를 느긴다. 그들은 저들이 쓴 단어들이 내는 소리에 호기심을 팔아버린다. 타인에게서 더 넓은 세상을 찾는 일을 잊어버린 지 오래다. 하지만 그들을 용서하길. 나를 용서하길. 우리는 젊은 작가가 된다는 게 무엇을 의미하는지 잊어버렸으니까.

또 잊어버리기 전에 할 말이 있다. 젊은 작가는 반드시 책을 읽어야 한다. 읽고, 읽고, 또 읽어야 한다. 미지의 세계를 탐험하듯 읽어야 한다. 이것저것 닥치는 대로, 쉼 없이 읽어야 한다. 단순한 얘기다. 그러나 그렇지 않다. 일부러 단순하게 한 얘기도 아니다. 손에 잡히는 것은 무엇이든 읽어야 한다. 고전이든, 책꽂이에서 말을 건네는 먼지 쌓인 낡은 책이든, 스승이 권하는 두꺼운 책이든, 지하철 좌석에 남겨진 싸구려 소책자든, 기차역에 남겨진, 책장이 접힌 낡은 소설책이든, 휴일을 보내는 오두막집에 남겨진 오래 묵은 양장본 책이든, 무엇이든 읽어야 한다. 읽고, 읽고, 또 읽자. 뇌는 유연한 그릇과 같다. 머릿속은 무척 많은 걸 담을 수 있다. 책이 어려울수록 더 좋다. 책 읽는 분야가 넓을수록 글의 탄력성도 더 좋아진다.

자신에게 도전하라. 안전한 지대에서 벗어나라. 남들을 당혹하게 할 만한 무언가를 찾아라. 곤경의 가장 큰 즐거움은 곤경 그 자체이다.

젊은 작가는 동시대 작가들의 작품도 읽어야 한다. 부러움을 품고 열정적으로 읽어야 한다. 서점으로 가서 몇 시간이고 다른 작가들의 작품을 감탄 어린 시선으로 바라보며 골몰히 생각에 잠겨야 한다. 작가 이력을 훑어보다가 피가 끓어올라야 한다. '젠장, 저자가 고향이 나와 같군. 내가 말하려던 걸 어떻게 이렇게 책으로까지 써낸 거지?' 그렇다. 분노다. 단, 일시적 분노여야 한다. 경쟁심이 아니라 선망에서 우러나온 분노여야 한다(다른 작가들이 내 직업을 빼앗지는 않으니 말이다. 내 직업은 전적으로 나의 것이고 다른 누군가가 가질 수 없다. 누가 내가 쓰다만 작품을 대신 완성하겠는가? 그게 이케아 조립식 의자가 아니고서야).

젊은 작가는 도서관으로 가 먼지 쌓인 낡은 서가 사이를 거닐어야 한다. 책장을 손가락으로 훑으며 지나가 보자. 본능을 따라가 보자. 책이 나를 찾는다는 건 정말 놀라운 일이다. 언어에는 일종의 자동유도장치가 있다. 사랑과 달리, 운명으로 정해진 한 가지 길만이 늘 놓여 있다. 그 길은 어느 때든 찾을 수 있다. 그러니 그 길에 대해 늘 열려 있는 상태여야 한다. 그 길을 열어 수 가지 생각들이 쏟아지게 해야 한다. 느닷없이 세상이 반으로 갈리며 열리게 된다.

가슴이 활활 타오르도록 책을 읽어야 한다. 머리가 터져나가도록 책을 읽어야 한다. 책을 읽는 이유는, 작가란 그 누구보다도 용감한 바보이고, 기꺼이 모험 속으로 뛰어들어 혼란의 기쁨을 맛볼 준비가 되어 있기 때문이다. 책이 언제 힘을 발휘하는지 알고 있다면 기회를 주자.

책이 혼란을 주면서도 동시에 짜릿함을 안겨 준다면, 그건 좋은 징후이므로 계속해서 책을 읽어야 한다. 늘 한결 같은 반응은 창의적이지 못하다. 혼란은 지극히 정직한 반응이다. 혼란으로 인해 변화가 이루어진다. 하지만 그 혼란을 떨쳐버려야 할 때도 있다. 질 나쁜 와인만을 마시기에는 삶이 너무 짧고, 형편없는 책만을 읽기에는 삶이 더더욱 짧기 때문이다. 그러니 그런 책은 과감히 내던져 버릴 준비를 하자. 단, 그 책에 충분한 기회를 준 후여야 한다.

좋은 책은 세상을 뒤집어 놓는다. 좋은 책은 글쓰기 역시 완전히 뒤집어 놓는다. 산문 작가는 시를 읽어야 한다. 시인은 소설을 읽어야 한다. 극작가는 철학 책을 읽어야 한다. 언론계에서 글 쓰는 사람은 단편소설을 읽어야 한다. 철학자는 모든 책을 읽어야 한다. 우리 모두가 모든 책을 읽어야 한다. 혼자서 글을 쓸 수 있는 사람은 없다.

젊은 작가들은 책 읽을 시간이 없다고들 한다. 가장 큰 이유는 제 이야기를 떠들어 대느라 이미 많은 시간을 잡아먹었기 때문이다. 들어라, 젊은 작가여. 책 펴볼 시간이 없다고 말하는 건 어리석다. 책이 너무 길다고 불평하는 건 터무니없다. 가장 어려운 책을 시도해 보지 않는 건 상상력이 없는 것이다. 마르케스. 울프. 개디스. 한센. 개스. 이 모두가 작가의 미래를 결정짓는 과거이다. 미래는 읽는 책에서 비롯된다. 우리는 책들로부터 우리의 목소리를 얻는다. 우리는 이러한 식으로 대가들을 만나고, 문학의 협곡을 여행하며 모방하고 공명을 얻으면서 우리만의 창작물을 빚어낸다.

그러나 책을 읽지 않는다면, 특히 어려운 방향으로 책을 읽지 않는다면, 글쓰기를 이어갈 수 없다. 그러니 읽자. 이 편지 따위는 찢어버리고 책을 펴자. 최대한 어려운 책을 읽자.

조앤 디디온은 우리가 살기 위해 이야기를 한다고 말한다. 그러니 될 수 있는 한, 많은 삶을 살자. 살고 또 살고 또 살자.

다시, 조이스

기뻐하자. 제임스 조이스를 읽자.

글쓰기는 오락이다

어두운 시대에서, 좋은 예술이란 그 시대의 어둠 속에서도
여전히 살아 숨 쉬며 빛나는, 인간적이고 마법 같은 요소들에
심폐소생술을 하는 행위이다.
- 데이비드 포스터 월러스

예술은 오락이다. 작가는 세상을 거울처럼 반영해야 하지만, 세상에 한 줌의 빛을 가져오는 일도 작가의 본분이다.

니체의 글귀를 벽에 붙여놓자. 그는 우리에게 예술이 있으므로 너무 가혹한 현실 때문에 우리가 죽게 되는 일은 없으리라고 말했다.

어두운 곳으로 내려가자. 단, 활활 타오르는 횃불을 들고. 종이 위를 비출 만큼의 불빛은 있어야 한다. 알록달록 다채롭게 만들자. 재미있게 만들자. 한 가지 분위기에만 얽매이지 말자. 마구 흔들어 섞자. 우리는 모든 가능성에 늘 열려 있는 상태여야 한다. 아주 소소한 기쁨일지라도 관심을 갖자. 최고의 글쓰기는 우리가 세상에 눈 떠 바짝 긴장하게 한다. 찰나에 불과한 덧없는 삶일지라도, 우리가 살아 있음에 기쁨을 느끼게 한다.

잠시 휴식을 취하자

어떤 일이든 일어날 수 있다.
아무리 흔들림 없이 우뚝 솟은 탑일지라도 무너질 수 있다.
- 셰이머스 히니

때로는 휴식을 취하자. 휴가를 떠나자. 모든 것을 내려놓되, 수첩 하나는 챙겨 가자. 글을 다시 쓴다는 느낌이 어떠한지 몸소 느껴 보자. 일주일쯤은 원고를 제쳐 놓자. 후회하지 말자. 어떻게 생각하는가? 백지는 아무 데도 가지 않는다.

이상적인 독자는 누구인가?

작가든, 독자든, 행운이 있다면, 단편의 마지막 한두 줄을 완성한 뒤
또는 읽은 뒤 잠시 동안 그저 조용히 앉아 있게 될 것이다.
- 레이먼드 카버

궁극적으로 이상적인 독자는 작가 자신이다. 작가는 모든 책임을 떠안아야 할 유일한 사람이다. 마음속 가장 깊은 못에서 우러나오는, 비판적인 자아가 내는 소리에 귀 기울일 준비가 되어 있어야 한다. 글을 쓸 때, 지금으로부터 일이십 년 지나서 그 글을 다시 읽는다고 상상해 보라. 그 글이 여전히 읽을 만한지 가늠한다고 상상해 보라. 얼마간의 시간 간격을 두고

서 스스로를 바라보라. 내가 쓴 이야기가 새로워진 나의 예리한 시선을 견뎌낼 수 있는가? 이야기가 여전히 당혹감을 안겨주는가? 여전히 등골 오싹한 전율을 느끼게 하는가? 이렇게 자문하라. '내가 올바른 일을 했나? 내가 사람들에게 상처를 주진 않았나?'

자신에게 다정하면서도 엄격해지자. 어떤 바보라도 집을 때려부술 수 있다. 아무리 솜씨 좋은 장인이 만든 집이라도.

어떻게 에이전트를 구하나?

내가 글쓰기에 대해 아는 한 가지를 적자면 이렇다.
모든 힘을 쏟아부어라. 결판을 내라. 갖고 놀듯이 하라. 미쳐 버려라.
지금 당장이든, 언제든……내어 줘라. 모든 걸, 지금 당장 모든 걸 내어 줘라.
- 애니 딜러드

누군가가 에이전트를 구하는 방법을 물을 때마다 1달러를 받는다고 하면, 난 에이전트를 둘 필요가 없을 만큼 부자가 되었을지도 모른다. 에이전트가 필요한가? 대부분의 작가가 그렇다고 대답한다. 에이전트를 구하기란 그리 어렵지 않지만 자기에게 딱 맞는 에이전트를 구하면 인생이 바뀔 수 있다.

우선 평소에 흠모하던 작가를 찾자. 젊은 작가일수록 좋다.

이미 에이전시에 속해 있되, 작가로서 더 큰 성공을 목전에 두고 있는 작가가 적당하다. 그 작가의 에이전트가 누구인지를 알아보자. 어렵지 않다. 구글이라는 마법의 힘을 빌리거나 책 속의 감사의 말을 참고하거나 웹사이트에 실린 인터뷰를 샅샅이 훑어보면 된다. 그런 다음, 에이전트에게 편지나 이메일을 보내자. 민첩하면서도 솔직해야 한다. 에이전트가 담당하고 있는 작가들, 그 중에서도 문학계에 발을 들이도록 길을 열어 줄 수 있는 특정한 한 작가를 콕 집어 좋아한다고 이야기하자. 그리고 본인이 누구인지, 어느 학교를 다녔는지, 이미 출간한 책은 무엇인지, 약간의 배경지식을 제공하자. 쓴 원고의 일부를 읽어 볼 의향이 있는지 묻자. 원한다면 약간의 자랑을 해도 좋다. 쓴 글을 여봐란듯이 자랑하자. 괜찮다. 에이전트들은 그런 일에 익숙하니까. (그리고 한 가지. 반드시 소설을 집필하는 중이라고 이야기하자…. 소설 쓰기에 아직 착수하지 않았다 하더라도 말이다.) 똑똑하게, 당차게 행동하고, 할 말만 해야 한다.

에이전트에게서 답장이 오리라고 기대해서는 안 된다. 설사 답장이 왔다 하더라도, 미리 축배를 들어서는 안 된다. 그들에게 전화를 걸거나 직접 방문을 해서 그의 의향을 확인해야 한다. 그에게 직접 질문해야 한다. 에이전트와 관련해서 가장 중요한 한 가지는 작가가 그를 고용하는 것이지, 그가 작가를 고용하는 게 아니라는 점이다. 어떤 에이전트들은 (특히 작가가 신참내기인 경우라면) 고삐를 단단히 쥐고 있는 쪽은 자신이라는 인상을 심어 주지만 사실 그 고삐 안에서도 작가가 자유로워야 한다.

좋은 에이전트는 강압적으로 말하거나 독단적으로 행동하지 않는다. 그들은 사업적인 결정을 내린다. 세금과 관련된 문제를 해결한다. 편집자, 발행인, 기자들을 상대한다. 초대를 전달한다. 작가에게 접촉을 시도하려고 하는 괴짜 같은 사람들을 중간에서 쳐낸다. 작가에게 일을 가져다준다. 작가를 치켜세운다. 그렇다. 에이전트는 작가의 삶을 단번에 바꿀 수 있다. 그렇다. 작가에게 돈을 가져다준다. 그러나 본질적으로 작가의 에이전트는 작가 자신이다. 결국 종이 위에 쓴 글이 가장 중요하니까.

그러므로 작가는 쓴 글의 책임자가 되어야 한다. 에이전트의 비위를 맞추려고 쓴 글을 바꿔서는 안 된다. 마음속 깊은 곳에서는 에이전트의 의견이 옳다고 생각하지 않는 한 말이다. 물론 그렇다고 해서 자신과 타협하라는 얘기는 아니다. 작품은 결국 작가의 창조물이다. 에이전트가 에이전트가 된 이유는 뭔가를 팔기 위해서이지, 노래를 부르기 위해서가 아니다(물론 위대한 에이전트라면 팔면서 노래까지 하겠지만).

에이전트의 말에 귀를 기울이면서도, 나만의 에이전시를 세워 내가 직접 에이전트가 되자. 그러기 위해서는 깊은 직관이 필요하다. 나만의 독특한 방식도 필요하다. 그리고 겸손한 자세도.

작가는 받는 원고료의 최대 20퍼센트를 에이전트에게 대가로 지불하게 되어 있다. 그러므로 좋은 에이전트라면 작가가 상상한 것보다 적어도 25퍼센트 더 많은 금액을 가져다줄 것이다. 에이전트에게 대가를 기꺼이 지불하자. 에이전트가 비용을 얼마나 들였을까에 대해서는 의문을 품지 말자. 감히 추측하지 말자. 불평하거나 뒤에서 은밀하게 험담하지 말자. 에이전트는 작가의 편이다. 만약 그렇지 않다면, 그를 고용하는 자는 작가라는 사실을 기억하고 그를 해고해 버리자. 뭐라고? 해고해 버리자. 나는 그를 해고하라고 했다. (단, 다른 에이전트를 찾은 후에.)

중요한 건 **작가의** 작품이다. 작가는 매일 채탄막장으로 간다. 작가는 우물 바닥으로부터 단어들이 담긴 두레박을 끌어

올리는 일이 얼마나 힘든지 잘 안다. 이 본능에 충실하자. 작가는 진정한 가치가 어디에 있는지 안다. 작가의 호주머니만 두둑해져야 할 것이 아니라 작가의 글 역시 쨍 하고 울려퍼져야 한다.

이제 가서 글을 쓰자.

만약 에이전트를 구하지 못한다면?

모든 종류의 경험을 거부한다면 절망의 길에 다다르고 만다.

- 플래너리 오코너

만약 에이전트를 구하지 못한다면 어떻게 해야 할까? 절망하지 말자. 계속 글을 쓰자. 의자에 계속 엉덩이를 붙이고 버티자. 글을 써내려가자. 좋아하는 일을 하자. 싸우자. 인내하자. 좋아하는 잡지나 학술지를 찾자. 기고자 명단에서 편집자 이름을 찾자. 편집자의 이메일 주소를 찾자. 이제 편지를 쓰면 된다. 개인적인 어조로 진심을 담아서. 나만의 개성과 분위기가 묻어나도록. 쓴 원고를 읽어 볼 의향이 있는지 묻자. 두려워하지 말자. 정중하고 겸손하고 다정한 태도를 보이자. 이제 대성공이라고 생각하면 된다. 여기서 잃을 건 이메일을 쓰느라 소비한 단 몇 분의 시간과 단어 몇 개뿐이다. 보낸 이메일에 대해선 깔끔히 잊자. 다음 할 일을 하면 된다. 할 일 없이 빈둥대거나 집착하거나 전화기만 바라보거나 마우스만 만지작거리지 말자. 기대도 하지 말자. 이미 큰일을 해낸 셈이다.

어떻게 생각하는가? 거절당한다 해도 전혀 이상하지 않다. 누구에게나 일어나는 지극히 정상적인 일이다. (나 같은 경우에는 거절을 알리는 편지들로 욕실 벽을 온통 도배해 놓았다.) 몇 달 후에 다시 시도해 보자. 상처받지 말고. 노여워하지 말고. 유머감각을 발휘하자. 일전에 아주 잘 쓴 거절 편지를 받았다고 편집자에게 알리자. 동시 투고니 뭐니에 대해서는 신경쓰지 말고 마음에 드는 여러 군데의 잡지사에 집중사격을 가하듯 편지를 뿌리자. 여기에도, 저기에도, 다 뿌리자. 누구든 당신을 수락하는 이가 먼저 상을 거머쥐게 되는 셈이다. 하지만 잡지사들 사이에서 장난을 쳐서는 안 된다. 모종의 거래나 흥정은 금물이다.

매일 우편함으로 가서 나쁜 소식이 언젠가는 좋은 소식이 되어 돌아오리라고 생각하면 기분이 한결 나아질 것이다. 언젠가는 에이전트가 찾아와 문을 두드리게 되어 있다. 아니면 출판사가 찾아와 문을 두드리게 되어 있다. (출판사의 발행인들은 아주 소규모의 잡지라도 모두 챙겨 읽는다.)

대범해지자. 참신함을 잃지 말자. 짐작만 해서는 아무 일도 할 수 없다.

내게 딱 맞는 편집자 찾기

나는 독자 없이는 글을 쓸 수 없다. 마치 입맞춤과 같다.
혼자서는 할 수 없다.
- 존 치버

위대한 편집자는 귀한 존재다. 가장 친한 벗이 내 편집자가 될 수도 있고, 학급 동료가 내 편집자가 될 수도 있다. 워크숍 참가자나 남편, 내가 고용한 누군가가 내 편집자가 될 수 있다. 그도 아니면 잡지사나 출판사의 편집자가 내 편집자가 될 수 있다. 누가 되었든, 내게 딱 맞는 편집자는 내가 신뢰하는 사람이어야 한다. 그에게 자리를 내어 주고, 시간을 내어 줘야 한다. 그의 말에 귀 기울여야 한다. 그가 의견을 제시하면 겸허한 태도로 들어야 한다. 말처럼 단순하다. 그를 존중해야 한다. 물론 그의 말에 늘 동의할 필요는 없다. 중요한 건 내가 쓴 글을 누군가가 다시 매만지는 과정을 지켜볼 수 있는 능력이다. 하지만 그가 틀릴 가능성도 있다. 그가 하는 말의 가치를 저울질해 보자. 그가 편집한 내용을 반영해서 문장을 다시 써 보자. 그가 편집한 내용을 참고하지 말고 문장을 다시 써보자. 문장을 소리 내어 읽어 보자. 또 다시 읽어 보자. 편집한 내용을 원고에 반영하지 않더라도 편집을 해주었다는 사실에 고마워하자.

다행히 출판사가 원고를 수락했다 하더라도, 편집자의 임무는 원고 입수로 끝나지 않는다. 편집자는 작가가 쓴 글의 조각가가 될 수 있다. 입수된 글을 좀 더 매만지면 어떨까 하고 편집자가 제안한다면 감사해하자. 편집자가 하는 일이 편집 그 이상이라는 사실을 기억하자. 편집자는 거래를 협상한다. 편집자는 작가의 책을 여기저기에 보내 추천사를 받는다. 편집자는 마케팅 회의에 참석한다. 편집자는 작가가 찬사를 받는 광경을 지켜보고, 자신도 약간의 찬사를 받는다. 작가가 찬사를 받지 못하면 괴로워한다.

편집자는 세상의 이목이 무엇인지 알고, 그걸 그림자처럼 쫓기로 한 자이다. 그의 노고를 인정하자.

가끔은 편집자에게 느닷없이 꽃을 보내 보길.

이야기를 (나만의) 새로운 시선으로 바라보기

내가 책에서 말하고자 하는 모든 것, 지금까지 내가 말하고자 했던 것은 내가 세상을 사랑한다는 사실이다.

- E. B. 화이트

글을 쓰다 보면 지친다. 어떤 때는 단어가 더 이상 눈에 들어오지 않는다. 글과 거리가 너무 가까워진 나머지, 글을 처음 읽었을 때 느낌이 어떠했는지 잊어버리기도 한다. 가끔은 우리와 글 사이에 얼마간의 숨 쉴 공간이 필요하다.

소설이나 시를 완성했다면, 그걸 바라보는 시선이 새로워지도록 한 주나 두 주쯤 원고를 멀리 치워 놓자. 당분간은 다른 글을 쓰자. 부재를 믿자. 고독을 즐기자.

충분히 휴식을 취하고 글을 다시 마주할 준비가 되었다면, 기쁜 마음으로, 그러면서도 두려움을 갖고 글을 마주하자. 글에 제목과 제명을 붙이고 인쇄해서 철하자. 이제 그걸 옆구리에 끼고 사람들이 많은 장소로 가자. 내가 쓴 글이 이제는 내 머릿속을 벗어나 존재한다고 생각해야 한다. 거리로 나가 공원 벤치나 커피숍이나 도서관을 찾자. 앉아서 글을 읽을 수 있는 곳이라면 어디든 좋다. 내가 그 글을 생전 처음 읽는 독자라고 생각하자. 앞장에 내 이름이 적혀 있다니. 놀랍지 않은가. 처음부터 끝까지 읽자. 이따금 멈추고 원고 여백에 뭔가를 끄적이면서. 자신에게 솔직해지자. 글이 여전히 설렘을 안겨주는가? 글이 적절한 형태를 띠었는가? 집에 가져가 계속 읽고 싶은가? 글이 가슴에 공기를 불어넣었는가? 마음이 따뜻해졌는가?

아니면 이제 원고를 집어던질 때가 되었는가?

송두리째 내던져 버리자

아주 오랫동안 해안이 보이지 않으리라는 사실을 받아들이지 않는다면,
새로운 땅을 발견할 수 없다.
- 앙드레 지드

젊은 작가여, 때로는 모든 걸 송두리째 내던져 버릴 배짱이 필요하다.

작가라면 이따금 알게 된다. 마음속 깊은 곳으로부터 그저 직감적으로 알게 된다. 이걸로는 충분하지 않음을. 지금까지 잘못된 이야기를 좇고 있었음을. 깊은 늪에서 허우적거리며 고투하고 있었음을. 또 다른 영감의 순간을 기다리고 있었음

을. 지금까지 줄곧 버텨 왔으나 실은 한계에 다다랐음을.

글을 길게 쓸 때까지도 진정한 목소리가 들리지 않을 때가 있다. 일 년이나 쓸 때까지, 수백 쪽이나 쓸 때까지 그럴 수 있다. 아니 그보다 더할 수도 있다. (작가 생활을 하면서 내가 가장 해방감을 느낀 순간은 18개월간 쓴 글을 내던져 버렸을 때이다.) 그러나 마음속의 무언가가 안다. 그저 안다. 지금까지 쓴 글은 앞으로 쓸 글의 준비였음을. 마침내 북쪽, 동쪽, 서쪽이 눈에 들어온다. 남쪽은 아니다. 다시 돌아갈 필요가 없다.

그러니 모든 걸 내던져 버려야 한다.*

겁나는 일이긴 하다. 파일을 닫고 원고를 땅속에 묻는다. 지금까지 쓴 글의 흔적이 그렇게 사라져 버린다. 작별을 고한다. 그러나 축하할 일이기도 하다. 지금까지 그렇게 써온 덕분에 이 지점에 달한 것이니. 일종의 근육 기억을 만든 셈이다. 지금까지 집착을 향해 글을 썼으나 이제야 그 집착이 진정으로 길을 여는 지점을 찾은 셈이다. 그러니 감사하자. 내던져 버린

* 좋다. 솔직히 말하면, 정말로 원고를 송두리째 내던질 필요는 없다. 원고를 상자에 넣어 꼬리표를 붙이고 가까운 곳에 보관하거나 컴퓨터로 작업했다면 백업을 해서 저장하자. 만약에 실수할 경우를 대비해서다. 언젠가 다시 원고를 꺼내 요긴한 문장이나 아이디어를 써먹을 수 있다. 단, 적어도 당분간은 정신적으로 원고를 내던진 상태여야 한다. 새로운 이야기가 뿌리를 내릴 동안은 말이다.

글이 이 지점까지 이끈 것이다. 그로써 목적은 다했다.

이제 완전히 백지 상태로 벼랑 끝에 섰다. 벗들이 보내는 약간의 위로가 도움이 되겠지만 고작 하루 이틀뿐이다. 그동안 당신의 마음속에는 작가들만이 아는 비밀스러운 분노가 쌓인다. 작가는 글을 써야 한다. 간단하다.

이제 또 다른 파일을 열고 펜촉을 가다듬고 다시 한 번 몰두할 때다.

독자의 지성을 허락하자

좋은 글쓰기는 독자의 감각을 깨운다.
비가 온다는 사실을 말하는 게 아니라 비를 맞고 있는 느낌이 들게 한다.
- E. L. 닥터로

글쓰기 수업에서 말하는 가장 중요한 규칙 한 가지는 "말하지 말고 보여 줘라"이다. 즉, 경험, 이야기의 살아 있는 순간을 빼앗지 않으면서 독자를 낯선 땅으로 이끌어야 한다는 얘기다. 우리는 새로움을 살기 위해 책을 읽는다. 독자가 직접 이야기 속을 거닐도록 인도하자. 손을 내밀어 이끌자. 그리고 한 번 더 독자를 놀라게 하면 된다.

소설에서든, 시에서든, 너무 많은 걸 이야기하려고 하지 말자. 지시나 명령은 금물이다(이런, 내가 지시를 하고 있군). 이야기의 의미가 무엇인지 굳이 꼬집어 말하지 말자. 독자를 믿자. 독자가 계시를 받듯 깨닫는 순간을 맞이하도록 허락하자. 작가는 낯선 땅에서 길을 안내하는 자이다. 친절하되, 너무 친절하진 말아라.

독자가 지성을 발휘하도록 내버려 둔다면, 독자는 계속해서 다시 찾아올 것이다. 독자의 도전의식에 불을 붙이자. 정면으로 맞서게 하자. 감히 용기를 내보라고 부추기자. 새로운 땅을 열어젖혀 보이자. 독자를 혼란에 빠뜨려도 좋다. 그대로 내버려 두자. 독자가 제 힘으로 낯선 땅을 더듬어 알아 갈 정도의 말만 하자. 이런 식으로 작가는 독자보다 한두 발짝 앞서 나가되, 아무리 눈치 빠른 독자라도 그 사실을 알아채지 못하게 해야 한다. 좋은 이야기는 결국 독자가 쓴다.

성공

냉소적인 인간으로 죽느니, 인간의 온갖 사랑과 실망을
쏟아내고 뻔한 감상에 젖은 인간이 되겠다.
- 짐 해리슨

처음으로 성공을 거둔다면 그 사실을 대단히 놀랍게 여겨야 한다. 이제 그런 성공은 다시 찾아오지 않으리라고 생각해야 한다. 성공의 마법은 실현할 수 없는 일의 근접성과 불가능성 사이에 놓여 있다. 만약 성공이 계속된다면 조심해야 한다. 주의하고 바짝 경계해야 한다. 한마디 장담하자면, 성공은 늘 따르지 않는다.

성공도 저 나름의 이야기가 있다. 결국 끝난다는 이야기다. 누군가에게는 두려운 일이지만, 성공을 올바로 인식하는 사람에게는 유일한 황홀함이다.

다 끝냈어도
이제 시작에 불과하다

후회하라. 후회는 땔감이다. 종이 위에서 후회가 불타올라 욕망이 된다.

- 제프 다이어

마지막 문장을 끝냈다고 해서 책을 완성한 건 아니다. 기억하라. 핏자국이 눈물자국보다 훨씬 더 진하다. 책이란 다 쓰기까지 수년이 걸릴 수도 있지만, 다 쓴 후에도 완전히 끝난 건 아니다. 부디 인내와 끈기를 갖길. 인내, 거듭 말하는데 인내를 갖길. 글쓰기는 작업의 75퍼센트에 불과하다. 글을 쓰고 나면 편집이 이어진다. 이런, 또 편집이 이어진다. 또 편집이 이어

진다. 또 편집이 이어진다. 그 다음에는 교정 작업이다. 그 다음엔 홍보 회의가 열린다. 마케팅 회의도 빼놓을 수 없다. 또 얼마간의 편집이 이어진다. 이후에는 추천사 요청이 이어진다. 교정쇄 작업도 진행된다. 그리고 최종 편집이 이어진다. 이곳도 수정해야 하고, 저곳도 수정해야 한다. 그러곤 기다림이 있다. 멈춤이자 정지이다. 숨을 고르는 시간이다. 편집을 좀 더 했으면 바라는 시간이다.

이제 『뉴욕 타임스』 등지의 논평란에 신간 소식이 실릴 차례다. 온라인 신문 사이트에 실린 신간 소개를 고작 여섯 명밖에 읽지 않은 걸 보고 낙담하거나 오기에 이를 갈게 되기 마련이다. 하지만 여섯 명의 독자가 생기지 않았는가. 좀 더 기다려 보자.

아마 밤새 뜬눈으로 지새운 상태일 것이다. 그러나 온갖 괴롭힘이 난무하는 일곱 번째 지옥이 기다리고 있다. 바로 첫 번째 서평이다. 결과에 너무 절망하거나 기뻐하지 말자. 이제 반쯤 왔다. 책 발간 한달 전쯤이면 증정본 여섯 권이 우편함에 도착하게 된다. 한 권을 꺼내 소중히 간직하자. 책을 위해 나를 위해 축배를 들자. 춤추며 집안을 돌아다녀도 좋다. 손으로 직접 만져 본 최초의 내 책이니 안전한 곳에 간직하자. 나머지 증정본은 연인, 어머니, 그동안 응원해 준 친구들을 비롯해 아끼는 지인들에게 돌리면 된다. 초판을 적어도 스무 권쯤은 사두자. 믿기 힘들겠지만, 자비를 들여 직접 사야 한다. 무료 증정본은 무한정 제공되지 않는다. 그러나 작가이니 반값에 살 수 있다. 아니면 편집자가 대신 사서 떠안겨 줄지도 모른다.

초판을 전부 지인들에게 나눠줘서는 안 된다. 다시 말하지만, '전부 나눠줘서는' 안 된다. 본인, 자녀, 손자손녀, 그밖에 사랑하는 사람들을 위해 대여섯 권 정도는 남겨 두자. 잘만 되면, 앞으로 더 많은 판들이 거듭 발행될 것이다. 나를 믿길. 처음으로 쓴 책이 초판에 그치고 말기를 원하진 않을 테니. 아니, 독자들이 영원히 계속해서 책을 찾는다면 더더욱 좋을 것이다.

이제는 신간을 홍보하는 소규모 행사를 다니게 된다. 나와 성향이 비슷한 독자들을 얼마간 만나게 될 테고, 그들이 침묵으로 일관하면 어쩌지, 하고 줄곧 염려하게 된다. 가장 힘든 시간이다. 수년 동안 공들인 결과물에 아무도 눈길조차 주지 않는다면? 하지만 어쩌랴. 훌륭한 작가라면 원기 왕성한 기력이 있어야 한다. 훌륭한 작가라면 끈기가 있어야 한다. 훌륭한 작가라면 욕망이 있어야 한다. 힘을 내 다시 시작해야 한다.

첫 번째 책이 나오기 한참 전에 두 번째 책에 착수한다면 더할 나위 없이 좋다. 불은 이미 붙은 상태이니, 첫 번째 책이 수북이 쌓인 잿더미처럼 실패해 실망을 안겨 준다 해도 큰 문제가 없다. 게다가 두 번째 책이 첫 번째 책보다 더 어렵다면 당신은 늘 되고자 했던 작가가 된 셈이다.

추천사
(혹은 문학적 외설물의 예술)

원고 감사합니다. 곧 원고를 읽겠습니다.

\- 벤저민 디즈레일리

추천사는 책을 펴낸 작가의 악몽이다. 작가는 다른 작가들에게 추천사를 써 주기도 하고 써 주지 않기도 한다. 추천사를 써 주지 않으면 그는 못마땅한 사람이 된다. 그러나 추천사를 썼다고 해도 못마땅한 사람이 되기는 마찬가지이다. 만약 내 작품의 추천사를 써 줬다면야 천사이거나 하늘에서 내려온 성인이 되겠지만 말이다.

그렇다면 애초에 추천사를 어떻게 받을 수 있을까? 간곡히 부탁하고 애원하고 구슬려야 할까? 편집자에게 써달라고 요청해야 할까? 편집자에게 그가 담당하고 있는 작가들에게 연락을 해보라고 부탁해야 할까? 편집자가 당신의 목소리를 좋아하는 누군가를 찾아 줄지도 모른다. 동맹을 맺을 수 있는 누군가를 찾아 줄지도 모른다. 편집자는 어쩌면 대가를 받고 번지르르한 추천사를 써 주는 작가의 전화번호를 알고 있을지도 모른다. 우리 주변에는 그런 사람들이 더러 있는데 그런 관행에 신물이 난 사람들도 있다(나 역시도 마찬가지다. 거기 슈테인가르트 씨 듣고 계시나? 요란한 느낌표의 대가! 추천사 왕국의 홍등이여!). 그도 아니면, 에이전트에게 그런 작가의 전화번호를 갖고 있는지 물어봐야 할까? 하지만 대부분 가망 없는 일이다. 내 노골적인 냉소주의를 용서하길 바란다. 대신 작가가 직접 발품을 많이 팔아야 한다. 존경하는 작가에게로 눈을 돌리자. 개인적으로 편지를 쓰자. 진심을 담아 진정성 있게 편지를 쓰면서도 독창성이 돋보여야 한다. 전기가 통하는 전선에서 불꽃이 튀는 듯한 편지를 써야 한다. 그 작가가 감히 외면하지 못할 편지를 써야 한다. (하지만 열에 아홉은 외면하기 마련이다. 실상을 말하자면, 답장을 절대로 절대로, 절대로 기대해서는 안 된다. 절대로. 마음이 무척 너그러운 작가의 경우에는 추천사 부탁을 일주일에 스무 건 내지는 그 이상 받기도 한다. 농담이 아니다. 게리에게 물어보라. 그는 스물한 건, 때로는 스물두 건씩 받는다. 그래서 우체부가 그를 싫어한다.) 그리고 누구든 소설 한 권을 제대로 읽으려면 적어도 이삼일은 걸린다. 겨우 먹고살 만큼 벌면서 글 쓰는 작가에게는 상당한 시간과 에너지를 필요로 하는 일이다.

만약 작가에게서 답장이 온다면 뒤로 공중제비를 넘어도 좋다. 만약 작가가 작품을 읽었다면 공중제비를 세 번 넘어도 된다. 작가가 실제로 추천사를 써 준다면 공중제비를 넘다가 지구 밖으로 날아가도 상관없다. 하지만 추천사를 써 주지 않는다 하더라도 낙담하진 말자. 적의를 품지 말자. 작가 입장에서는 편지를 열어 읽어 볼 시간조차 없었을지도 모른다. 더욱이 자기 작품의 추천사를 받으려고 수소문하느라 바빴을지도 모른다. 어쨌거나 자기 등은 자기가 못 긁는 세상이니까.*

*"추천사에 대해 칼럼 매캔이 쓴 글은, 분노 섞인 평정과 외로운 세미콜론 하나로 점철되는 찬란한 상심으로 가득 차 있다. 우리가 어떻게 추천사를 써야 하는지, 우리가 '왜' 추천사를 써야 하는지에 대한 필수적인 길잡이이다. 그는 추천사에 대해 글을 쓰는 작가들 중에서도 주시해야 할 자이다. 제임스 조이스 이후로 이 같은 열의와, 더없는 『율리시스』다움으로 추천사에 대한 글을 쓴 아일랜드 작가는 일찍이 없었다. 추천사에 관한 글을 심사하

입지가 어느 정도 다져진 작가들은 남들에게 더 이상 추천사를 부탁하지 않는다. 자기가 남들에게 추천사를 써줄 시간이 없기 때문이다. 그러니 동경하는 작가에게서 추천사를 받지 못했다 하더라도, 강물에 빠져 죽을 생각은 애초에 접자. 물에 떠 있을 수 있는 다른 방법이 있다. MFA 과정을 찾아가서 예전에 가르침을 받았던 옛 스승을 만나 수락을 받을 때까지 추천사를 간곡히 부탁해 보자. 만약 MFA 과정을 졸업한 적이 없다면, 가까운 곳의 MFA 과정을 찾아 그곳의 작가들에게 부탁하자. 아니면 참석 중인 글쓰기 모임 일원 중에 소설을 이미 펴낸 작가에게 부탁해 볼 만도 하다. 여기서 한 가지 조언을 하겠다. 그들이 최대한 부담을 느끼지 않도록 해야 하고, 필요하다면 자신이 직접 "그들의" 목소리를 빌려 이상적인 추천사를 쓴 다음 그들이 후에 그 글을 편집하고 다시 매만지도록 부탁하는 방법까지 고려해야 한다. 처참한 현실이긴 하지만, 책의 일부만 읽고 추천사를 써주는 작가들도 더러 있다.

추천사는 순전히 감각을 간질이는 자극제이다. 일종의 문

는 수상위원회여, 다른 작가들의 글은 내려놓자. 승자가 이미 나왔다."
- 게리 슈테인가르트, 『추천사의 왕국 어블러비스탄』(*A-BLURB-ISTAN*)의 저자

학적인 외설물이다. 대부분의 독자들도 자신들이 거기에 현혹됨을 안다.

게다가 추천사는 독자를 위한 장치가 아니다. 출판사에 유리하도록 사내에서 내세우는 보증서이다. 출판사 영업 사원들, 신간서적 견본을 사들이는 서점들을 위한 수단이다. 추천사는 홍보의 목적이 있다. 그렇게 해서 책이 작가가 선호하는 서점의 진열대에 꽂히게 된다. 추천사는 사전 서평가의 귀에는 꽤나 노골적인 속삭임이다.

어찌 보면 야바위 노름 같기도 하다. 그러나 정말로 좋은 추천사가 찾아온다면, 진심과 아량으로 책의 본질을 제대로 간파하여 쓴 추천사가 찾아온다면, 그건 더 이상 추천사가 아니다. 그건 소리 높인 외침이요, 바이올린 선율이요, 우렁찬 북소리요, 마음 깊숙이 헤집고 들어온 당신의 글에 자극받아 문학의 지붕을 향해 누군가가 내지르는 거친 야성이다. 그러니 소중히 간직하고 그 느낌을 즐기자.

당신 역시 머지않아 추천사를 쓰게 될 테니.

비밀스러운 속삭임

서두를 필요 없다. 반짝일 필요 없다.
내가 아닌 누군가가 될 필요도 없다.
- 버지니아 울프

소설이나 이야기의 한복판에서 내가 어디로 향하고 있는지 별 생각이 없거나 아예 속수무책인 걸 깨닫고서 놀랄 때가 있다. 작가는 자기가 쓰는 글이 언젠가는 깊이와 결을 지니게 되리라는 막연한 느낌으로 언어라는 안개 속을 헤쳐 나간다. 마치 별다른 훈련이나 장비 없이 깊은 바다 속으로 뛰어드는 처지 같지만, 수 피트를 내려가던 중 갑자기 단어나 심상이 떠오르고 이것이야말로 가고자 했던 길임을 소스라치게 놀라며 깨닫게 된다. 왜 그런 느낌이 생겨났는지는 모른다. 어디서 비롯된 느낌인지도 모른다. 어떻게 생겨난 느낌인지는 더더욱 모른다. 충격에 가까운 놀라움을 안겨 주는 일종의 비밀스러운 속삭임이다. 작가는 말로 분명히 표현할 수 없는 무언가에 대담하게 급습을 한 셈이다. 이 느낌은 어떤 힘을 갖고 있다. 작가는 그 힘을 따라야 한다. 어디가 되었든 그 힘이 이끄는 방향으로 글을 쓰려고 시도하지 않는다면 바보나 다름없다.

심해의 물리학에 대한 난해한 문제를 푸는 것과 같다. 어떻게 해서 내가 그런 깊이까지 도달했을까? 답이 너무 단순하고 자명해서 여태 왜 그걸 몰랐을까, 하고 궁금해지는 순간이 있다. 아르키메데스처럼, 목욕탕 안의 물이 갑자기 넘쳐나는 걸 알게 된다. 내가 무엇을 발견했는지, 내가 수년 동안 무엇을 좇아 구해 왔는지 비로소 알게 된다.

답이 전혀 뜻밖일 정도로 단순한 이유는 그 답이 처음에는 무척이나 어려워 보였기 때문이다. 이제는 답이 모습을 드러냈다. 말로는 설명할 수 없는 무언가의 실마리가 풀렸다. 답이 존재하는 이유는 글쓰기가 근본적인 진실을 구하려고 노력하는 일이기 때문이다. 존재한다는 건 누구나 알지만 아무도 정확히 딱 꼬집어 내지는 못하는 진실 말이다.

그 답을 따르라.

어디서 글을 써야 하나?

나만의 오두막집을 짓고, 내킬 때면 언제든 문 앞에다
오줌을 갈겨 버리자.
- 에드워드 애비

작가들은 어디서나 글을 쓴다. 배 안에서도. 기차 안에서도. 도서관에서도. 지하철 안에서도. 카페에서도. 작가만의 은신처에서도. 냉장고 위에서도. 고급스러운 사무실에서도. 감방에서도. 속이 빈 나무 안에서도. 세상을 차단하려 눈을 가리고 자기만의 다락방에 숨은 작가들에 대해서는 별의별 이야기가 다 있다(나는 가끔 목 놓아 울려고 벽장 안에서 글을 쓰기도 한다). 그러나 내가 편하기만 하다면, 어디서 글을 쓰는지는 크게 상관없다.

그럼에도 작가가 집필을 하는 장소의 분위기가 책에 묻어나기 마련이다. 그러니 방 안을 편안하고 아늑하게 만들고 내가 그곳에 속해 있고 그곳이 내 공간이라는 느낌이 들도록 해야 한다. 그렇다면 무엇이 도움이 될까? 좋은 의자? 물론이다. 좋은 의자를 장만하는 데 돈을 쓰자. 멋진 의자에 앉으면 자태가 그럴듯할 테니. 가끔 몸을 뒤척이거나 기지개를 켤 수 있는 여분의 공간도 도움이 된다. 사진(내가 상상한 모습의 등장인물이나 그 인물이 사는 곳의 풍경)을 몇 장 걸어 두거나 "문제없다"와 같은 좋아하는 문구를 벽에 붙여 둬도 좋겠다. 연필? 좋다. 펜? 좋다. 타자기? 좋다. 컴퓨터? 좋다. 녹음기? 좋다. 작업하는 데 필요하다면. 모두 다 갖춰도 좋다. 어떻게 글을 쓰는가는 중요하지 않다. 무엇을 쓰는가가 중요하다. 다만, 컴퓨터가 있다면 인터넷을 차단할 방법을 마련해 두자. 인터넷이 아예 없는 편이 가장 좋다. 담배를 피우지 말자. 적어도 그날 작업을 끝내기 전까지는 술을 마시지 말자. 좋아하는 시집을 손에 닿는 곳에 항상 놓아두자. 도움이 되는 조언을 수첩이나 벽에 적어 두자. 작업 공간에서는 음식물을 먹지 말자. 음식물

부스러기는 다른 침입자들을 불러 모은다.

침대 위에서 글을 쓰지 말자. 침실에서 글을 쓰는 것도 가급적 피해야 한다. 왜 한군데에서만 꿈을 모조리 허비하는가? 다른 공간이 선사하는 너그러움도 누리자. 누군가가 오두막집을 빌려 준다면 그리로 가서 글을 쓰자. 바닷가나 강가에서도 글을 써 보자. 창문이 꼭 있을 필요는 없지만 있으면 가끔 도움이 된다. 일어나 밖으로 나가자. 산책을 하자. 길을 잃어 보자. 저 깊은 곳으로 펼쳐진 오솔길을 따라가 보자.

도움이 되겠다 싶으면, 자연 속에 있는 작가들의 공동 작업공간에 가보자. 목적을 품고 가자. 다른 작가들에게 관대하게 행동하면서도 글을 쓸 때에는 그들로부터 숨자. 내 책이 유일한 책이다. 문을 닫자. 전화기를 끄자. 이기적으로 변할 때다. 고지서 대금은 다른 사람들이 내도록 두자. 키우는 강아지는 잠시만 다른 사람들이 보살피도록 두자. 모든 것으로부터 달아나자. 옷을 벗고 음악을 틀고 춤을 추자. 작업할 때 즐겨 듣는 음반이 있는가? 내 경우에는 콤 맥 콘 아이오메이어의 「And Now the Weather」*를 즐겨 듣는다. 즐겨 듣는 음악이

* "자세한 날씨 알려 드리겠습니다"는 일기예보 시작멘트이기도 하다. —옮긴이

있다면 자동반복으로 재생해 두고 음악이 배경으로 스며들어 내 언어의 풍경의 일부가 되게 하자. 방은 약간 춥게 하자. 그래야 정신이 맑은 상태를 유지할 수 있다.

책을 다 끝냈다면, 책상 주변을 바꾸고 새로운 사진과 그림을 벽에 걸자. 세상을 바꾸고 내 몸에 쌓인 먼지를 털어 내자.

그렇게 방안에 또 다른 풍경이 펼쳐지게 하자.

MFA를 해야 하나? 말아야 하나?

안전한 세상에서 사는 것은 위험하다.

- 테주 콜

MFA(Master of Fine Arts) 과정이란 도대체 무엇일까? 한 가지 확실한 사실은 누구도 글쓰기 방법을 가르쳐 줄 수 없다는 점이다. 이 과정은 글을 쓰도록 해줄지는 몰라도 글쓰기를 가르쳐 주지는 않는다. 하지만 뭔가를 하도록 해준다는 건 어쨌거나 가르침의 최상의 형태이다.

그러니 필요하겠다 싶으면 MFA 과정을 이수하되, 거기서 강의를 하는 작가가 나서서 모든 문제를 해결해 주리라고 기대해서는 안 된다. 가서 혼란을 느끼자. 실패할 안전한 장소를 찾자. 독자들의 무리를 찾자. 나와 동일한 예술을 배우는 사람들과 부대낄 기회를 찾자. 워크숍에 참여해 단어 하나를 쓰기까지 여섯 달이 걸릴 수도 있다. 인내를 갖자. 말하자면 견습 기간이다. 처음에는 실망할 수 있다. 사실 워크숍은 작가, 심지어 교사의 삶에서 가장 자존심 상하는 경험이 될 수도 있다. 대학살과도 같은 교육 과정이 끝나고 나면, 그 어느 때보다도 깊은 미궁에 빠질지도 모른다. 괜찮다. 언젠가는 해결될 테니까. 스스로에게 시간을 주자. 수년이 흘러도 이렇다 할 교훈을 얻지 못할 때가 허다하다.

몇 마디 조언을 하자면 이렇다. 학부를 졸업하고 곧바로 MFA 과정을 밟지는 말자. 일이 년쯤은 내 삶을 살아 보자. 아주 대담한 삶을 살아 봐야 한다. 위험한 삶을 살아 봐야 한다. 그래야 글감을 얻을 수 있다. 그래야 빤히 노려보는 백지를 쳐부술 수 있다.

일 년에 5만 달러(그렇다. 5만 달러!)나 하는 터무니없이 비싼 수업료를 요구하면서 학생들을 허름한 강의실에 몰아넣고 이류 선생을 강단에 세우는 말도 안 되는 MFA 과정은 피하자.

이는 대개 한물 간 시인이나 소설가들이 궁여지책으로 택하는 생계수단이다. (물론 바로 그 점 때문에 그들이 좋은 스승이 될 수도 있다. 이미 시련을 겪어 봤기 때문에 그 길을 피하도록 조언할 수 있다.) 어쨌든 명문대에서 잘 나가던 고모할머니에게 잘보이려고 MFA 과정을 선택하는 일 따위는 있어선 안 된다. 글이 우선이다.

교육 과정을 찬찬히 살펴보자. 내게 딱 들어맞는 자리를 찾자. 내게 어울리는 풍경, 학생들을 찾자. 누가 스승이 될지 미리 알아야 한다. 스승이 하는 약속을 철석같이 믿어서는 안 된다. 자기가 쓰는 글에 몰두하면서도, MFA에 참여하면 적어도 열두어 명의 다른 젊은 작가들과 함께 작업해야 한다는 사실을 잊어서는 안 된다. 이기적이면서도 이타적이어야 한다.

결국 배우는 사람은 본인이다. 그냥 '학교'는 없고 '나만의 학교'만이 있을 뿐이다. (나는 한 군데를 제외하곤 지원했던 모든 MFA 과정에서 떨어졌고, 끝내 내 힘으로 글을 썼다. 탈락한 경험을 영광의 상처로 내세울 생각은 없다. 만약 MFA 과정을 이수했다면 많은 걸 더 빨리 익혔을 테니까.) 글 쓰는 방법을 배우려고 MFA 과정을 시작할 필요는 없다. 이미 말하지 않았는가? 작가들은 글을 쓴다. 묵묵히 자리를 잡고 앉아…… 그저 글을 쓴다.

그러니 향하게 되는 곳이 숲속의 오두막집이라면 소중히 하라. 거지소굴 같은 아파트에서 숱한 나날 이어질 침묵과 방랑을 소중히 하라. 유대감을 소중히 하라. 가난을 소중히 하라. 물려받은 유산을 소중히 하라. 어떤 길이든, 자기가 택하는 길을 소중히 하라. 중요한 건 종이 위에 실제로 써내려 가는 글이다. 그 글이 MFA 과정을 졸업하고 쓴 글인지 아닌지, 그 누가 신경 쓰겠는가?

동료가 되었든, 벗이 되었든, 적이 되었든, 이러한 사실을 아는 자를 찾자. 그를 스승으로 삼자. 그에게 기회를 주자. 최고의 스승은 자기가 제자에게 아무것도 가르치지 못한다는 사실을 안다.

그렇다면 이제 할 일은 무엇일까? 나보다 앞서서 실패한, 기꺼이 실패한 다른 사람들이 이끄는 곳으로 따라가자. 그들의 실패에 관대해지자. 그들은 제 길은 올바로 가지 못했을지언정, 당신만은 올바른 길로 이끌지도 모른다.

글 쓰는 중에도 독서를 해야 하나?

가장 위대한 글을 읽어라. 그러나 그렇게 위대하지 않은 글도 읽어라.
위대한 글만 읽다 보면 아주 깊은 절망에 빠지기 마련이다.
베케트와 체호프의 글만 읽는다면, 어느날 홀연히 자취를 감추고
웨스턴유니온 사에서 전보 배달원 일이나 하며 지낼지도 모른다.
- 에드워드 올비

글 쓰는 중에도 꼭 독서를 해야 한다고 단언하기는 어렵다. 그러나 난 이렇게 말하겠다. 소설 집필을 막 시작했을 때에는 무엇이든 가리지 않고 닥치는 대로 읽어야 한다고. 내가 쓰는 글이 어느 방향으로든 흐를 수 있고, 무엇을 읽든지 거기서 영감을 얻을 수 있기 때문이다. 어디론가 이주할 준비를 하는 단계다. 여기서의 독서는 날아오르기 위한 도움닫기이다.

소설 집필이 중반부를 향해 갈수록 독서는 더욱 방향성을 띠고 세밀한 부분에 초점이 맞춰지고 적절한 자료 검색의 목적을 띠어야 한다. 작가는 이제 불길 속에 뛰어들었고 날아서 어디론가 향하는 중이다. 산문 작가라면 얼마간의 시를 읽어야겠고, 시인이라면 산문에 심취해 봐야 한다.

소설 집필이 종반부로 향하면 서재로부터 등을 돌려 서재방의 열쇠를 집어던지고, 이제 새장에서 달아날 생각을 해야 한다. 이 단계에서 작가는 순수한 비행, 순수한 움직임, 순수한 날갯짓을 하는 중이나 다름없다. 작가의 이야기는 오로지 한 가지 목적을 지닌다. 그것은 바로 어디에 착륙할지를 찾는 일이다.

이 시점에서는 다른 작가들이 귓가에 대고 속삭이는 소리를 들을 필요가 없다. 작가는 침묵이 감도는 머릿속에서 착륙할 지점을 직감으로 찾게 될 테고, 이는 대개 다른 작가들의 작품을 읽는다고 되는 일이 아니다. 물론 다른 곳에서 영감을 찾지 못한다는 얘기는 아니지만 그 다른 곳이라는 곳이 꽤나 멀다. 이 시점에서는 자신의 분야로부터 벗어나서 독서를 해야 한다.

그러나 글을 다 썼을 즈음에, 누군가가 나와 같은 이야기를 쓰고 있거나 이미 계약을 거쳐 그 이야기를 책으로 펴낸 사실을 알게 된다면 어떻게 해야 할까? 본인이 의도적으로 표절하지 않았다는 사실이 분명하다면 걱정하지 말아라. 진심이다. 두 이야기가 완전히 똑같을 수는 없다. 그런 경우는 결코 없다. 사실상, 두 이야기가 같을 가능성에 대해 가장 잘 아는 사람은 본인 자신이다.

이야기는 플롯이 아닌, 언어, 운율, 음악, 문체에 관한 것이다. 자기가 하려는 이야기를 굳게 믿고 글로 잘 풀어 낸다면 마침내 제 독자들을 찾아가게 된다. 훌륭한 작품은 생명력이 끈질기다. 누군가의 글을 베껴 핏기 없는 복사본을 만들어 내는 실수만큼은 범하지 말자. 생각을 글로 옮길 때 신중해야 한다. 써내려 가는 단어들이 내 것임을 확인해야 한다. 하지만 우리의 목소리는 다른 어딘가에서 비롯되었다는 점, 그 무엇도 온전히 유일무이할 수는 없다는 점을 잊지 말자. 그러니 다른 어떤 작가에게 비교되는 일이 있다면, 고개를 숙이고 얼굴을 붉히며 감사해하고 하던 일을 다시 해나가면 된다. 그리고 만약 무심코 실수로 남의 문장을 가져왔다면, 그 사실을 인정하자. 변명의 여지는 없다. 어설프게 핑계를 대서는 안 된다. 언어는 큼에도 불구하고 간혹 반복될 때가 있다.

좋은 글 한 행은 또 다른 좋은 글 한 행이 감싸야 한다. 이렇게 해서 나만의 목소리를 다듬어 가야 한다.

거울을 깨 버리자

사실에 근거하여 내가 글로 쓰거나 말하는 어떤 내용도
내 소설만큼 진실하지 않다.
- 네이딘 고디머

소설을 쓰다가 사람들에게 상처를 줄 수 있다. 아니, 사람들을 산산이 부서지게 할 수 있다. 나 혼자만 상처를 받는다면 별 문제 없지만, 다른 사람들, 특히 가까이 있는 소중한 사람들이 상처받기 시작한다면, 내가 들여다보고 있는 거울을 과감히 깨 버려야 한다.

자신에 대해 글을 써 왔다면 이제 멈춰야 한다. 벗의 삶을 직접 훔쳐 글을 써서는 안 된다. 아버지의 불행에 대해 글을 쓰지 말아라. 문학의 지도를 완성하려고 여자 친구의 신체를 이용하지 말아라. 단락 하나를 더 써 보겠다고 남자 친구의 노이로제까지 동원하지 말아라. 현실로부터 사건을 취해 그걸 글로 옮기지 말아라. 아무리 문학을 한다 해도, 내 눈앞에서 친구나 가족의 허물을 벗겨 내는 건 자랑할 일이 못 된다.

소설을 쓴다면, 내 머릿속을 벗어나 더 큰 세상으로 들어가야 한다. 노이로제를 만들어 내고, 지도를 만들어 내고, 불행을 만들어 내야 한다. 내 아버지를 끼워 넣을 수 있는 새로운 아버지를 만들어야 한다. 이름을 바꾸고, 얼굴을 바꾸고, 시대를 바꾸고, 날씨를 바꿔야 한다. 안도감을 느낄 것이다. 그러면 내 아버지가 온전히 생생하게 수면 위로 떠오를 것이다. 다만 알아볼 수 없는 모습으로 완전히 새로운 몸 속에서 존재할 수 있는 자유를 지닌 채 떠오를 것이다. 아마 더 깊이 있는 인물이 되어 있을 것이다. 내 삶도 마찬가지다.

물론 중요한 예외도 있다. 언론계나 사회역사학 분야에서 글을 쓰거나 칼 오베 크나우스고르* 같은 부류의 작가일 경우

---

* 칼 오베 크나우스고르는 총 6권에 달하는 자전적 소설 『나의 투쟁』에서 자신의 삶을 소설

가 그러하다. 또는 자기 삶이 글로 쓰이기 위해 존재한다고 믿는 시인이거나 자기가 실제보다 더 중요하다고 생각하는 작가일 경우에 그러하다. 그러나 완전히 새로운 자신은 물론이고 완전히 새로운 가족을 만들어 낼 수 있는 능력이 있다면, 자기 가족을 속속들이 파헤칠 이유가 무엇이겠는가?

게다가 소설 속에서라도, 실제 발생한 일을 글로 옮겼다고 해서 그게 진실이라 기대해서는 안 된다. 이건 이유가 되지 않는다. 사건은 종이 위에서 발생해야 한다. 운율, 문체, 그리고 사실이 아닌 경험에 충실한 치열한 정직성과 함께.

모든 글쓰기는 상상이다. 먼지 티끌로부터 글이 탄생한다. 비소설이라 불리는 것들도 상상에서 시작되기는 마찬가지다.

상상은 결국 일종의 기억 만들기이다. 이 사실을 염두에 두자. 여기서 우리가 말하는 건 자유에 대한 책임이다. 회피가 아니다. 내 안에 있지만 내가 미처 알아채지 못한 훨씬 더 깊은 진실에 관한 이야기이다.

날 믿길 바란다. 자신에게서 직접 실제 뭔가를 취해 글 쓰는 일을 멈춘다면 해방감을 느끼게 될 것이다. 자신이 아는 모든

화했다.—옮긴이

것은 자신이 상상한 모든 것 안에 있기 마련이다. 등장인물은 창의적 의도에 의해 해방될 때 더욱 진실성을 띠게 된다.

이렇게 자신을 피하게 될 때 한 가지 대단한 역설을 몸소 실천하게 된다. 앞으로 자신에 대해 글을 쓰게 될 것인데, 자신에게 상처를 입힐 수 있는(혹은 그래야만 하는) 유일한 사람은 바로 자신이라는 것이다.

여기서부터 더 나아가 다시 창조를 할 수 있다.

우울증이라는 이름의 검은 개들

책상에 앉아 글을 쓰는 일만큼 나를 황홀하게
만드는 마약은 아직 찾지 못했다.
- 헌터 S. 톰슨

젊은 작가여. 우울은 직업병이다. 그러나 그 나락으로 영영 빠져들지는 말아라. 절망감에 사로잡혀 화석처럼 굳어 버리지 말아라. 침울함이라는 육즙 젤리 안에 갇혀 마비되지 말아라. 내 안의 깊은 구렁을 오래도록 들여다보면 어느새 그 구렁이 나로부터 빠져나와 나를 바라본다. 성찰하지 않는 삶은 살 가치가 없을지도 모르지만, 너무 깊은 성찰에 빠져도 자아가 위축되기는 마찬가지다.

그러니 아무리 어둡다 할지라도, 그 안에서 어떤 의미를 찾아야 할 책임을 게을리해서는 안 된다. 모든 좋은 책은 이런 저런 형태의 죽음에 관한 것이다. 죽음을 찬양하라. 죽음과 삶이 교차하는 지점을 찾자.

상상이라는 행위를 통해 소생하라. 글을 씀으로써 불행으로부터 저 멀리 벗어나라. 글을 씀으로써 세상이 너무 가까이 와 닿지 않도록 하라. 글을 씀으로써 새로운 방향을 열어라.

우울을 전적으로 거부하거나 반박하라는 얘기가 아니다. 우울은 찾아오기 마련이다. 다만 우울에 온전히 무릎을 꿇지 말라는 얘기다. 얼음을 파내 그 안에서 등장인물들을 꺼내라. 당신의 현실이 얼음 속에 가둬 놓고 있는 그들 말이다. 무엇보다도, 당신 역시 스스로를 그 얼음으로부터 꺼내게 될 것이다.

나만의 신조를 글로 쓰자

말 못할 이야기를 속에 품고 있는 것만큼 큰 고통도 없다.

- 조라 닐 허스턴

당장 앉자! 당장 앉아서 나만의 신조를 써 보자.* 난 무엇을 믿

* 2017년의 신조: 역사의 어느 시점에서 가혹한 현실을 마주할 수 있는 자는 시적인 사람뿐이다. 작가는 현실과 소설이라는 두 힘이 맞닿는 지점에 다다르고 앞으로 어떻게 헤쳐 나가야 할지 결정을 내리게 된다. 작가는 두 거대한 지각판의 끝에 서 있다. 이제 작가는 사실들을 그대로 내버려 두어야 한다. 숫자 따위는 스쳐 지나가도록 내버려 두어야 한다. 단순함이 사라지도록 두어야 한다. 뇌리에 박혀대는 선전문구는 잦아들도록 해야 한다. 대신 언어 속으로 빠져들어야 한다. 심연과 맞서 싸워야 한다. (칼럼 매캔)

는가? 글쓰기를 통해 무엇을 이루고 싶은가? 누구에게 말을 건네고 싶은가? 언어와 나는 어떤 관계인가? 세상이 어떻게 변하기를 원하는가? 무엇을 알고자 하는지를 계속해서 알고자 하라. 글 쓰는 삶에서 이 과정을 몇 번이고 시도하라. 어쩌면 매년, 아니면 적어도 5년에 한 번씩은 시도해야 할 것이다. 그렇게 해서 쓴 신조들을 모두 모아 두자.

스스로 꽃피워 가는 모습을 지켜보자. 꽃피워 가지 못한다면 그건 왜인가? 왜인가? 이렇게 묻는 일 자체도 신조이다.

버스 이론

세상의 운명이 내 글에 달려 있기라도 한 듯이 글을 써야 한다.

- 알렉산다르 헤몬

당신이 하는 일의 진정한 중요성을 가늠할 수 있는 가장 좋은 방법은 아마 버스 이론일지도 모른다. 당신은 아침에 일어난다. 작업실로 간다. 집중한다. 파고든다. 창조한다.

한 시간이 되었든, 오전 나절이 되었든, 온종일이 되었든, 그날 작업이 끝나면 당신은 세상 속으로 걸어 들어간다. 거리에 차들이 지나다닌다. 세상은 평범하기 그지없다. 당신의 머릿속은 여전히 침묵의 문장들로 가득 차 있다. 잠시 딴생각을 했는지, 보도에서 걷던 당신은 발을 헛디뎌 차도로 침범한다. 갑자기 쉭 하며 몰아치는 바람. 빵 하는 요란한 경적 소리. 훅 끼쳐오는 진한 기름 냄새. 비명 소리. 버스가 몇 센티 차이로 당신을 스쳐 지나간다. 몇 센티도 안 될 듯싶다. 간발의 차이다. 순간 눈앞에 스쳐 지나가는 건 당신의 삶이라기보다는, 당신의 소설, 시, 이야기이다. 당신은 다시 보도로 올라가 숨을 고른다. 모든 사람이 그렇겠지만, 당신은 차에 치이고 싶지 않다. 하지만 당신이 차에 받힐 운명이라면, 세상이 그런 식으로 돌아가게 되어 있다면, 버스는 아무리 못해도 당신의 책이 완성되기까지는 기다려 줄 것이다. 내가 떠나야 한다면. 신이시여. 부디 내게 마지막 문장을 쓸 수 있는 존엄을 허락해 주소서.

목적의 이론이라고도 할 수 있는 이 버스 이론은 당신이 아침에 잠자리에서 일어나도록 도와줄 것이다. 이 이론은 당신이 하는 고군분투의 가치를 증명한다. 글 작업은 중요하다. 이야기는 글로 쓰일 필요가 있다.

죽음은 선택이 아니다. 적어도 지금으로서는.

왜 이야기를 하는가?

이야기하기는 궁극의 모험으로 향하는,
자신이라는 감옥으로부터의 탈출이다.
다른 이의 눈으로 삶을 들여다보는 행위이다.
- 토비아스 울프

우리는 왜 이야기를 하는가? 우리는 왜 실제이기도 하고 창작물이기도 한 이야기를 서로에게 절실히 하려고 하는가? 우리는 왜 탁자나 난롯가에 기대서, 아니면 복잡하게 뒤얽힌 인터넷이라는 망 속에서, "들어봐"라고 속삭이려 하는가? 그 이유는 우리가 현실에 염증이 난 나머지 아직 세상에 있지 않은 무언가를 만들어 내려 하기 때문이다.

이야기와 시는 아직 다가오지 않은 무언가를 만들어 낸다. 상상력의 실로 잣는 문장은 새로운 그 무엇을 흔쾌히 받아들인 결과물이다. 문학은 가능성을 제시하고 그로부터 진실을 만들어 낸다. 이야기를 하는 과정에서, 우리에게는 살아 있음을 나타내는 가장 의미심장한 증거가 주어진다.

fiction(소설)이라는 단어는 어떤 형태를 만들거나 주조한다는 의미가 있다. 이 단어는 라틴어 fictio에서 파생되었고, 동사는 fingere, 과거분사는 흥미롭게도 fictus이다. 이 단어는 '거짓말하다'나 '사실이 아닌 것을 지어내다'라는 뜻을 (반드시) 내포하지는 않는다. "진실"의 일부가 전혀 아니라는 얘기는 아니다. 이 단어는 이미 존재하는 무언가를 취하여 거기에 새로운 형태를 부여한다는 의미가 있다.

문학은 머무름 내지는 절망에 맞서 발 디딜 곳이 될 수 있다. 그걸로 충분한가? 물론 충분하지 않다. 그러나 거기까지가 우리에게 주어진 전부이다.

평론가들을 포용하자

우리가 역사에 지고 있는 한 가지 의무는 그걸 다시 글로 쓰는 일이다.

- 오스카 와일드

평론가들을 포용하자. 특히 가장 큰 상처를 준 평론가를. 조바심내지 말아라. 격노하여 비난하지 말아라. 그들을 험담하지 말아라. 커피숍이나 바에서 그를 만난다면 다가가라. 가서 술을 한잔 사도 될지 물어보라. 그가 술을 들이켜는 모습을 지켜보자. 당신도 한 모금 들이켜고 평을 해주어서 감사하다고 말하라. 그가 놀라는 모습을 지켜보라. 잠시 멈춘 다음 무표정한

얼굴로 이렇게 말하라. 간만에 읽은 가장 형편없었던 평이라고. 화를 내지 말고 말하라. 물러서지 말아라. 지긋이 응시하라. 그에게 유머감각이 있는지 살피자. 그가 당신의 말을 알아듣고서 머뭇거리다 웃음 짓는다면 그는 당신이 원하는 평론가일지도 모른다. 집에 가서 그의 평을 다시 읽어 보자. 어쩌면 그는 당신에게 중요한 말을 해주었는지도 모른다.

가끔은 누군가가 내 작품을 속속들이 뒤집어 놓도록 내버려 둬야 좋을 때가 있다. 그러나 한 가지 규칙은 좋은 말을 하든, 나쁜 말을 하든, 평론가들을 믿지 말아야 한다는 점이다. 특히 좋은 말을 하는 평론가를 믿지 말아야 한다. 좋은 평을 믿는다면 나쁜 평도 믿어야 하는 게 이치이다.

스스로가 평론가가 되려고 하지 말아라. 어떤 작가들은 대담하게도 평론가 행세를 하지만, 그 과정에서 누군가에게 상처를 주고 만다. 평론은 평론가들에게 맡기자.

누구든 나를 깎아내리는 걸 두고보지 말라고 조언하고 싶다. 사실 나를 가장 가혹하게 깎아내리는 건 나 자신일지 모른다. 그러니 겸허해지자. 나 자신을 평해야 할 수도 있다는 사실을 순순히 받아들이자. 가끔은 내가 직접 나에게로 다가가 그 못생긴 낯짝을 한 평론가에게 술을 사야 할 때가 있다.

끝낼 때에는 모든 힘을 쏟아붓자

독자가 책과 사랑에 빠지면, 마치 방사성 낙진이 경작지에 내려앉듯
책이 독자의 마음속에 본질을 남겨놓는다. 이후 독자의 마음속에서
어떤 경작물들은 더 이상 자라지 않지만, 더욱 낯설고 환상적인
무언가가 이따금 자라난다.

- 살만 루슈디

이야기를 끝낼 때에는 진이 다 빠지도록 모든 힘을 쏟아부어야 한다. 속내를 다 드러내 더 이상 내줄 것이 없는 상태여야 한다. 스스로에게 의문을 품어야 한다. 자기가 사기꾼이나 돌팔이라는 생각이 확실히 들어야 한다. 만약 좋은 글을 썼다면, 그건 전적으로 우연의 결과라는 사실을 알아야 한다. 다시는 그런 글을 쓸 수 없다고 생각해야 한다. 어떻게 여기까지 왔는

지, 그걸 다시 해낼 수 있을지 아무런 생각이 없어야 한다. 사실은 다시 해낼 수 없으리라는 확신이 들어야 한다.

실은 이 소진의 순간에 가장 큰 축하를 해야 한다. 거의 끝났음을 스스로 아는 때이니까.

마지막 행

이따금 주변 세상으로 인해 미궁에 빠지거나 아연실색하거나
좌절하거나 망연자실하지 않는다면,
우리는 그만큼 세상에 충분한 관심을 기울이지 않은 셈이다.
- 벤 마르커스

고골리는 모든 이야기의 마지막 행에 대해 "그 무엇도 전과 같지 않을 것이다"라고 말했다. 세상의 그 무엇도 단 한곳에서 시작하지 않고 그 무엇도 진정으로 끝나지 않는다. 그러나 이야기는 적어도 끝나는 시늉이라도 해야 한다.

너무 깔끔하게 매듭짓지 말자. 무리한 시도는 하지 말자. 이따금 이야기가 몇 단락 이전에 끝나 버려 수정용 펜을 꺼내들

어야 할 때가 있다. 마지막 문장을 몇 가지 버전으로 쓴 내용을 인쇄하여 그걸 들고 공원 벤치로 가서 앉자. 침묵이 들리는가. 여러 버전으로 쓴 마지막 문장들을 몇 번이고 되풀이해서 읽어 보고 그 중 진실하고 다소 여운을 주는 문장을 선택하자. 이야기의 의미를 보태려 하지 말자. 마지막 부분에서 도덕적인 교훈을 주거나 설교를 하려고 하지 말자. 할렐루야를 외쳐서는 안 된다. 독자는 이미 작가와 긴 여정을 함께했다. 독자는 자신이 어디에 갔다 왔는지를 안다. 무엇을 배웠는지 안다. 삶이 어둠이라는 사실을 이미 안다. 세상을 마지막 순간의 빛으로 가득 채울 필요는 없다.

작가는 독자가 기억하기를 바란다. 작가는 독자가 변화하기를 바란다. 작가는 독자가 변화를 원하길 바란다.

가능하다면, 구체적인 행위나 동작으로 끝을 맺어 독자가 앞으로 나아가게끔 하자. 이야기는 그걸 시작하기 오래 전에 이미 시작되고 그걸 끝낸 지 한참 후에야 끝난다는 사실을 명심하자. 독자가 마지막 행으로부터 걸어 나와 자신만의 상상 속으로 빠져들도록 하자. 마지막 행의 호의를 베풀자. 이것이야말로 글쓰기의 진정한 재능이다. 마지막 행은 더 이상 작가의 것이 아니다. 마지막 행은 다른 어딘가에 속해 있다. 그곳은 작가가 만들어 낸 장소이다. 세상에 대한 사람들의 시선을 일깨우자. 세상들을 한데 엮자. 단어들을 한데 엮자.

작가의 마지막 행은 나머지 모든 사람에게는 첫 행이다.

다시 한번,
젊은 작가에게 보내는 편지

글쓰기의 신비를 말하자면 이렇다. 글쓰기란 가슴이 뭔가에 베어 찢길 때, 그 고통으로부터, 그 도려내어진 시간으로부터 비롯된다.
- 에드나 오브라이언

젊은 작가여, 소명에서 우러난 열정을 잃어버렸는가? 가끔 우리 시대의 위기란 시대적 환경, 정치인, 관료, 헤지펀드 매니저, 셔츠 단추를 턱밑까지 채운 사람들 무리의 규칙에 우리가 멍하니 굴종하여 살아간다는 사실처럼 보인다. 우리는 이 시대에서 가장 반기는 마약과의 불륜관계에 의해 매수되고 있다. 그 마약이란 바로 안일함이다. 동시에 일그러진 사회적 분노가 우리 발밑에서 펼쳐지고 있다. 정당들은 담을 쌓는 일에 대해 이야기한다. 대학들은 화석연료에 투자한다. 기업들은 화장용 장작더미가 타는 동안 축배를 든다. 우리 현실의 상당 부분에서 문제는, 현실이 장막과 같은 평면을 위주로 돌아가고, 우리가 살고 있는 굴곡진 세상에게는 말을 건네지 않는다는 점이다. 그러니 침상에서 일어나자. 문을 열고 나가자. 종이 속으로 뛰어들자. 이 모든 게 그저 격려의 말이라면 아무런 쓸모가 없다. 작가가 쓰는 글은 위로삼아 주는 상이 아니다. 분노가 타당함을 보여 줘라. 무모한 상상을 즐겨라. 요즈음의 글쓰기 태반은 실추된 도덕적 권위로 고통받는 듯 보인다. 독자들의 머릿속에서뿐만 아니라 작가들의 머릿속과 언어 속에서도 그러하다. 글쓰기는 더 이상 국가적인 발상의 일부가 아니다. 우리는 수십 년 전과는 다른 방식으로 저자들에게 기대를 건다. 우리가 무엇을 말해야 하는지에 대해 아무도 두려워하지 않는다. 왜 그럴까? 우리가 편안함을 추구하느라 우리의 목소리가 제 가치보다 낮게 비춰지도록 놔두었기 때문이다. 우리의 도덕적 나침반은 고장이 나 버렸다. 우리는 중립화되는 경향에 굴복했다. 우리는 사람들이 점점 지도처럼 변해 가는 문화 속에서 산다. 우리는 죽을 때까지 GPS를 달고 산다.

적당히 길 잃는 방법을 잊어버렸다. 이는 지나친 노파심에 사실을 단순화해서 하는 이야기도 아니고, 이에 대한 우리의 반응도 단순해서는 안 된다. 그러니 도전을 받아들이자. 글쓰기란 권위에 맞서 스스로를 표명하는 자유임을 명심하라. 글쓰기는 일종의 비폭력적인 교전이자 시민 불복종이다. 작가는 사회를 넘어서서, 강압, 협박, 잔인무도함, 구속을 넘어서서 맞서야 한다. 권력이 단순화시키려고 하는 것을 작가는 복잡하게 만들어야 한다. 권력이 훈계를 하려 드는 지점에서 작가는 비판을 해야 한다. 권력이 위협을 가하려는 지점에서 작가는 포용을 해야 한다. 좋은 글쓰기의 놀라운 점은 실제로 폭력을 가하지 않고서도 상처의 맥박을 찾아낼 수 있다는 것이다. 좋은 글쓰기는 상처를 찬양하거나 겪어 보지 않고서 그걸 알아보는 방법이다. 글쓰기는 고통의 환각을 허락함과 동시에 우리가 성장하여 우리만의 악마를 알아보게 한다. 우리는 고통이라는 전기에 손을 갖다 대지만 결국에는 치유될 수 있다. 우리는 상처를 지니고 있지만, 상처는 상처일 뿐이다. 우리는 언어가 힘이라는 사실을 이해해야 한다. 힘이 얼마나 자주 우리로부터 언어를 앗아가려 하는지와는 상관없이 말이다. 적을 알고 싶은가? 그의 책을 읽어라. 그의 극을 관람하라. 그의 시를 들여다보라. 그의 핵심으로 다가가려 노력하라. 작가가 아는 고충은 알려지지 않은 고충보다는 훨씬 낫다. 변화를 향한 충동은 세상의 다양하고 복잡한 그림자들을 맞닥뜨리는 데에서 비롯된다. 무엇에 맞서 글을 쓰는지 인지하라. 일어서라. 영웅이 되려면 바보가 될 줄도 알아야 한다. 딱한 요릭. 딱한 주민. 딱한 팔스타프. 영웅의 역할은 어리석어 보일 때가 많지만, 영웅 중의 영웅은 그 역할을 기꺼이 떠맡는다. 전쟁에 맞서서. 탐욕에 맞서서. 벽에 맞서서. 단순함에 맞서서. 얄팍한 무지에 맞서서. 바보는 진실을 말해야 한다. 설령 그 진실이 사람들이 원하지 않는 바일지라도 말이다. 아니, 어쩌면 그럴수록 더 목소리를 높여야 할지도 모른다. 당황하지 말아라. 포기하지 말아라. 주눅 들어 침묵하지 말아라. 밖을 향해 일어서라. 더 위험해져라. 사람들이 당신의 입질을 두려워하게 하라. 타인이 평가 절하한 것을 원위치로 복구하라. 소명에서 우러난 열정이 조롱거리가 되지 않게 하라. 목소리가 묻힌 사람들을 대표하여 목소리를 높여라. 시기하는 사람들이 당신을 쓸모없는 존재로 비하하도록 내버려 두지 말아라. 냉소주의자를 높이 평가하라. 심지어 그를 칭찬하기까지 하라. 그는 유용한 존재다. 그는 당신이 가르칠 수 있는 자이다. 교전에서

물러서지 말아라. 더러움, 빈곤, 부조리, 일상의 숱한 고뇌에 대해 이야기해야 한다. 삶이 얼마나 쓰라리고 괴롭든 간에, 우리는 그에 대해 이야기해야 한다.

글쓰기는 우리의 살아 있는 초상이다. 좋은 문장은 우리에게 충격을 주고 유혹하고 무감각 상태로부터 우리를 끌어낸다. 유리가 아닌 다이아몬드 같은 존재가 되어라. 과감히 갈 길을 가라. 눈에 보이는 것을 변형하라. 경험의 방대함을 상상하라. 잔인함에 반대하라. 침묵을 깨라. 위험에 뛰어들 각오를 하라. 빛을 찾아라. 멸시당할 각오를 하라. 곤경을 받아들여라. 열심히 글을 쓰라. 아침을 먹기도 전에 대작을 쓰지는 못할 것임을 인정하라.

작가가 노래를 하려면 그만한 대가를 치러야 한다. 기꺼이 대가를 치를 준비를 하라. 글을 써라, 젊은 작가여. 글을 써라. 자기에게 맞는 미래를 차지하라. 언어를 찾아라. 글을 쓸 때 느끼는 순전한 즐거움을 위해, 글로써 이 세상이 조금은 변할 수도 있다는 사실을 위해 글을 써라. 이 세상이란 결국 아름답고 기묘하고 맹렬한 곳이다. 문학은 삶이 아직 글로 쓰이지 않았다는 사실을 우리에게 상기시킨다. 아직도 무한한 가능성들이 있다. 절망과의 조우로부터 한 줌의 아름다움을 만들어

내자. 더 많이 보려 할수록 더 많은 걸 보게 된다. 결국 내 가슴을 찢는 일이야말로 유일하게 할 만한 가치가 있는 일이다. 끊임없이 맹위를 떨쳐라.

진심을 담아,

칼럼 매캔

칼럼 매캔에게 쏟아진 찬사, 그리고 인터뷰

"저자의 아낌없이 알려 주는 마음이
이 책을 다른 글쓰기 가이드북과 다른 것으로 만든다."

아이리시 타임스

"칼럼 매캔의 글을 읽는 것은 드물게 찾아오는 기쁨이다."

시애틀 타임스

"글쓰기를 시작하는 사람들을 위해 쓰였지만, 기성작가들에게도
도움될 만한 이야기들이 가득하다."

커커스 리뷰

"뛰어나고 눈이 부시게 강렬하다."

시카고 트리뷴

"페이지마다 열정과 유머, 생에 대한 순수한 에너지가 넘쳐난다."

데이브 에거스

저는 글쓰기를 가르치고 있습니다. 글쓰기를 가르칠 수 있는지 없는지에 대해서는 이견이 많습니다만, 바라건대 저는 제가 열정, 불꽃, 욕망, 꾸준함의 미덕을 가르칠 수 있었으면 합니다. 저는 제가 "어떻게 대화를 만들까" "플롯을 어떻게 만들까"를 가르칠 수 있다고는 생각하지 않아요. 그런데 제가 학생들을 마주하고 눈을 볼 때 그 속에 불꽃이 있다면 그가 곧 작가임을 알 수 있습니다.

제 글쓰기 첫 수업에서 저는 "나는 글쓰기에 대해 가르칠 게 없다"고 합니다. 글쓰기 수업은 제가 가르치는 것에 대한 것이라기보다 그들이 저에게 배우는 것에 대한 것입니다. 일단 저는 그 기대를 허물고 시작합니다. 글쓰기에는 그 어떤 법칙도 없지만, 만약 그런 게 있다면 그 법칙은 깨지기 위해 존재합니다. 글을 쓰면서 중요한 것은 깊게 다가가야 한다는 겁니다. 작년에 다가갔던 것보다, 5년 전에 다가갔던 것보다 항상 더 깊게 다가갈 수 있어야 합니다.

"아는 것에 대해 쓰지 말고 알고 싶은 것에 대해 쓰라"는 말을 했습니다만, 사실 논리적으로나 철학적으로 알지 못하는 것에 대해 쓸 수는 없습니다. 그러나 글을 쓰면서 늘 알고 있지 않았던 시공간으로 들어가게 되면, 인식하지 못했던 것들을 알게 됩니다. 알지 못하는 것에 대해 쓰면서 의식의 새로운 영역으로 들어가게 되지요. 이전에는 가 보지 않던 곳으로 가는 것, 이것은 작가에게 엄청난 해방의 경험입니다. 책에도 썼듯이 관광객이 되지 말고 모험가가 되라는 말은, 자신이 발견한 것 속에 완전히 푹 빠지라는 말입니다. 그러면서 자신이 진실로 아는 게 무엇인지를 찾아갈 수 있겠죠. 이런 면에서 "아는 것을 써라"는 말과 "알지 못하는 것을 써라"는 말이 모두 다 참인 것입니다.

- 2017 AWP Book Fair, PBS Books 인터뷰 중에서

젊은 작가에게 보내는 편지

지은이 칼럼 매캔 | 옮긴이 이은경 | 발행인 유재건 | 편집인 임유진 | 펴낸곳 엑스북스

등록번호 105-91-96264호 | 주소 서울시 마포구 와우산로 180 4층

대표전화 02-334-1412 | 팩스 02-334-1413

초판 1쇄 인쇄 2018년 5월 23일 | 초판 1쇄 발행 2018년 5월 30일

엑스북스(xbooks)는 (주)그린비출판사의 책읽기·글쓰기 전문 임프린트입니다. 이 도서의 국립중앙도서관 출판예정도서목록(CIP)은 서지정보유통지원시스템 홈페이지(http://seoji.nl.go.kr)와 국가자료공동목록시스템(http://www.nl.go.kr/kolisnet)에서 이용하실 수 있습니다. (CIP제어번호: CIP2018014858)

ISBN 979-11-86846-28-5 03800